一生必讀的50本

日本文學名著

陳銘磻 著

U0008456

欣羨以「日本文學旅行」為題，戮力十年光陰的報導文學作家陳銘磻，竟然有勇氣去敲川端康成鎌倉故居的大門，進入訪尋文豪遺跡，留影於川端時駐的石座之間，揣想他與之敬慕的故人因文學無盡之美，怦然的心動……台灣一九七〇年代所有作家啟蒙的日本文學，那無形而真切的教養和涵容，誰能否認不是？

——林文義〈古都〉

▲2000年夏，到訪神奈川縣鎌倉市長谷川端康成故居，與女管家合影。

▲2011年夏，到訪神戶市東灘區住吉東町谷崎潤一郎故居「倚松庵」。

▲2013年夏，到訪北九州市小倉北區鍛冶町森鷗外故居。

▲2013年夏，到訪九州熊本市內坪井町夏目漱石舊居。

序言

繁花盛開的日本文學名作

閱讀，本是自發性的習慣行為，與他人無涉；孤燈下、清風裡、晨鳥啁啾時，藉由閱讀，使漫漫休閒時光成為補給乾涸心靈的美好時刻，再讓書冊中無以倫比的思想，協助建構紛亂時代的私我思維，從而在作者書寫苦難生命的深刻文字，讀到生老病死的磨難含意、喜怒哀樂的幻化面貌，一時苦惱散盡，身心自在，饒有所得。陶淵明說得好：「奇文共欣賞，疑義相如析。」人生旅途需要導航，或許可從書冊裡讀到與我緣牽深濃的美好智慧，進而看見心情、發現自己。

舊體制時代的社會，讀書被界定為怡情養性與成就功名的要務，所以使人懼怕；加諸求學時期接觸教科本，翻閱參考書，易於使人誤以為這樣便是讀過許多書了。不然，莎士比亞如是說：「生活裡沒有書籍，就好像沒有陽光；智慧裡沒有書籍，就好像鳥兒沒有翅膀。」我相信「不讀書又不會死」這句話，卻更相信，閱讀是自我學習的開端，且可作為人生借鏡。

日本江戶時代後期農政家與思想家二宮尊德，幼名金治郎，通稱二宮金次郎，出生神奈川縣小田原市，少時父母雙亡，為照顧幼弟，白天上山砍柴，晚上編織草鞋賣錢貼補家用。及長，用賺來的錢買了地，成為地主；其間，未曾停歇的自學算術、書法和農業技術，專注研習，深受藩主器重，協同振興農村。一八五六年歿。後人將他好學精神列為教化與修德的典範，尤其他幼時邊走邊看書的形樣，加深為民間與政府意欲傳達勤學的信念，紛紛以此「負薪讀書」做成雕像，遍及各地，被喻為全日本最多的銅像，比起坂本龍馬、松尾芭蕉、日本武尊還多，達千座以上。

之後，日本軍政府在二次世界大戰敗陣覆沒，百廢待舉之際，積極倡導閱讀，從追求知識建立省思的新價值觀，使讀書成為日常。其中，不只《朝日新聞》數十年來的頭版堅持刊登書籍廣告，利於帶動與影響大眾閱讀風潮，就連理工科、醫科、商科的人也養成閱讀文學書刊的嗜好，他們從夏目漱石的小說認識人心，從芥川龍之介的作品看到人性，從川端康成的文學見識到文化的幽玄之美，大多數人意識到，自閱讀中可以獲取向上的生命力；特別的是，不少知名的各類小說深受演藝界青睞，常改編拍攝成電影或電視劇。在電腦尚未普及的一九六〇、一九七〇年代，放眼日本各大小城鎮的巴士候車亭、電車廂，排隊中，得見人人埋首書冊，聚精會神閱覽的奇觀，無怪乎出版社印製紙本新書，動輒每一刷萬冊以上。

「唐朝武盛，宋朝文旺。」話說西元六四五年，日本孝德天皇即位，開始對唐宋文字、經學、史學、文學、宗教、禮儀、建築、藝術，多所崇敬與仿效，其第一部正史《日本書紀》、第一部正規法典《近江令》就是用漢字寫成，日史稱「大化改新」（即「大化革新」）。其後，擁有悠久歷史的平安京所屬的街道、寺院、園林等建築，幾全仿唐朝市坊設計，世稱「大唐遺風」。城北為皇城和宮城，城南為外郭城；外郭城分東西兩側，東側仿照洛陽，西側仿照長安，故當時的京都又有「洛陽」別稱。遊客所見，奈良的唐招提寺、東大寺，四國高松的栗林公園等，都是仿唐之作。

如今，唐代的洛陽城早成廢墟，但整個當朝文化、文學、藝術的風貌與精粹卻在奈良、京都、鎌倉等地傳承下來。再說，日本的鞠躬、下跪等禮教文化受儒風影響甚鉅，和服源自盛唐，日語的漢字詞普遍來自南宋發音。被認為是古中國文藝復興時期的宋朝，與元軍在廣東新會的厓山海戰中，重臣陸秀夫見宋軍無法突圍，背著八歲的宋端宗趙昺投海自盡，宋敗亡。宋歿，日本舉國茹素，哀悼大宋王朝滅亡！

幕末明治維新其間，自比正統華夏的日本，基於由衷傾心唐宋文明，打著「攘夷」旗幟，對大清帝國發動甲午戰爭，大清戰敗簽訂「下關條約」（即「馬關條約」）。中國西南聯合大學某歷史教授說：「厓山之後，已無中國。」又說：「唐宋在日本，明朝在韓國，大清在中國，民國在臺灣。」可以這樣說，自「大化改新」之後便熱愛古中國文明的日本，歷來文學家對漢、唐、宋的文學根植深厚，同時也是形成日本文學大家能創作出優質文學的作品重要元素。紫式部的《源氏物語》如此，吉田兼好的《徒然草》如此，及至明治年間出生的川端康成的作品亦復如是。百年間，日本近代文學粲然振起，流派豐盈，名家林立，露形文學出版新浪潮。

然而，埋首閱覽文學書冊的奇觀也有破滅時。當手機成為萬能的生活用品，不獨習慣日常閱讀的日本人，放眼舉世之人都因應改變了既有的閱讀習性，把心和眼盯在手機螢幕上，接受訊息，搜尋資訊，不再鍾情飄散濃濃油墨香的書本。尤有甚者，原本就缺乏買書、讀書習性的臺灣人愈加嚴重，閱讀，在臺灣早早淪落成知識界的孤兒，僅只存留為少數人的專職興致。

說「文字藏著靈魂，書籍藏著生命」沒多少人相信，常讀書的人都懂「一心二眼」，一眼看到紙本上的文字，一眼看到文字的背面，就如金元之際的文學家元好問所說：「文須字字作，亦要字字讀。咀嚼有餘味，百過良自知。」

讀書使人充實，論述使人機智，筆記使人準確。由是，在文學出版品銷售苦空，出版社「哀鴻遍野」的早象年代，我仍執意經常到書店尋搜個人年少到後中年時代閱讀過的新版東洋文學，包括滋育戰後台灣新生代喜愛文藝的青年，閱讀與寫作養分的日本文學家名著，井原西鶴的《好色一代男》、尾崎紅葉的《金色夜叉》、小泉八雲的《怪談》、夏目漱石的《少爺》、石川啄木的《一握之砂》、芥川龍之介的《羅生門》、川端康城的《伊豆的舞孃》、小林多喜二的《蟹工船》、谷崎潤一郎的《春琴抄》、志賀直哉的《暗夜行路》、三島由紀夫的《假面的告白》、松本清張的《砂之器》、安部公房的《砂丘之女》、三浦綾子的《冰點》等，把這些經典名著的優雅、華麗、魅惑，關乎人情世故、情愛眷戀，乃至物哀哲學、滅絕美學，經由作者苦心敘述、領會心得的情節撩理回顧。

閱讀名作中的好文佳句之際，悄然再現多年來親身前往日本實地尋索，這群承受唐宋文學影響至深的日本文學家「寫作舞台」的文學地景，以及身臨其境拍攝稱心悅目的歷史人文景象，使有所得的實物實景，映對原著，一再彰顯這些作品所蘊含的文化意義，及其能傳續世間的非凡景致，這就莫怪文學出版不景氣的季節，仍有為數不少的出版社重版印製名家舊著了。

作家隱地說：「沒有讀過的書都叫新書。」就是這樣，不是嗎？

喜歡蘇東坡說：「舊書不厭百回讀，熟讀精思子自知。」伴隨成長經驗，不時重讀這些充滿魅惑，使人著迷的日本文學名作，每次都感知不同意味，像繁花盛放的新櫻，歲歲年年變換姿貌，不愧經典。

津軽
太宰治
竜馬がゆく(二)
司馬遼太郎
死者の奢り・飼育
大江健三郎
渡辺淳一
失楽園
天平の甍
井上靖
山椒大夫・高瀬舟
森鷗外
ノルウェイの森
ナミヤ雑貨店の奇蹟
東野圭吾
感情装飾
川端康成
谷崎潤一郎
芥川龍之介
森鷗外
宮沢賢治
川端康成
三島由紀夫
春琴抄
谷崎潤一郎
侏儒の言葉
芥川龍之介著
羅生門
芥川龍之介
天人五衰
三島由紀夫
春の雪
三島由紀夫
吾輩ハ猫デアル
心
夏目漱石著
文豪の家

川端康成と三島由紀夫 伝統へ、世界へ
千羽鶴 川端康成
伊豆の踊子 川端康成
草枕 夏目漱石
こころ 夏目漱石
文鳥・夢十夜 夏目漱石
門 夏目漱石
虞美人草 夏目漱石
吾輩は猫である 夏目漱石
雪国 川端康成
古都 川端康成
芥川龍之介 藪の中・将軍
芥川龍之介 舞踏会・蜜柑
芥川龍之介
戯作三昧・一塊の土 芥川龍之介
或阿呆の一生・侏儒の言葉 芥川龍之介
蜘蛛の糸・地獄変 芥川龍之介
蜘蛛の糸・杜子春 芥川龍之介
侏儒の言葉・西方の人 芥川龍之介
文章読本 谷崎潤一郎
春琴抄 谷崎潤一郎
卍（まんじ） 谷崎潤一郎
鍵・瘋癲老人日記 谷崎潤一郎
蟹工船・党生活者 小林多喜二
太宰治 人間失格
仮面の告白 三島由紀夫
BOTCHAN
平家物語
一個人 坂本龍馬の真実
一個人 戦国武将の知略と生き様
平家物語を歩く
妹尾河童 少年H 上巻
妹尾河童 少年H 下巻
白い巨塔（上） 山崎豊子
白い巨塔（下） 山崎豊子
三浦綾子 氷点（上）
三浦綾子 氷点（下）
坊っちゃん
砂の器（下） 松本清張
村上龍 真実はいつもシンプル

01

日本隨筆文學典範

枕草子・清少納言

春天黎明很美。逐漸發白的山頭，天色微明。紫紅的彩雲變得纖細，長拖拖的橫臥蒼空。

作者・清少納言

九六六年出生的清少納言，姓清原，是官職肥後守兼歌人清原元輔之女，少納言或為其父兄的官名。清少納言少時與橘則光結婚，育有一子橘則長，則光雖勇武卻缺少文化修養，清少納言遂與之分手。其後，則光供職宮廷，官位「陸奧守」，與清少納言以兄妹相稱。

九九三年，清少納言入宮侍奉中宮藤原定子，中宮時年十七歲，少納言則年長十歲，是當代文采手盛的才女，與交情不睦的《源氏物語》作者紫式部齊名。一〇〇〇年，中宮逝世，清少納言出宮，後嫁攝津守藤原棟世，生育一

▲ 清少納言曾到訪京都伏見稻荷大社

文學地景：
京都：伏見稻荷大社／賀茂神社／小倉山／三笠山／手向山。

▲ 京都伏見稻荷大社千本鳥居

▲ 京都伏見稻荷大社大殿

女，女官名「小馬命婦」。其夫去世後，少納言出家為尼，一〇二五年去世。「清少納言」的稱呼，是依清少納言為女官時的官銜而來。「清」字應是來自娘家姓氏「清原」。《枕草子》一書，藤原皇后稱其「少納言」，依當代習慣，常以女官之父、丈夫或兄弟等近親的官銜稱呼，但清少納言的親戚中並沒擔任少納言官銜者；另有一說，清少納言仕宮前曾有一位中納言官銜的丈夫；又有一說，認為這一官稱乃藤原皇后所賜，以女官的官品而言，少納言屬於下級至中級的官職。

清少納言主要作品有《枕草子》、《清少納言集》等。

關於《枕草子》

一〇〇一年出版的《枕草子》是清少納言的抒情文集，內容為日常生活的觀察與隨想，取材範圍廣泛，包含季節描寫、自然景象、人生體驗、山川花草和身邊瑣事，並記述侍奉中宮期間所見的節會、皇室生活、男女之情及個人好惡等，以優雅文筆抒寫，蔚成隨筆文學之典範嚆矢。

《枕草子》的「草子」為「卷子」、「冊子」之意。「枕」字，一說是備忘錄之意，又有珍貴而不願示人之物之喻。

全書作品長短不一，共有三〇五段，內容多樣，大致為三種形式：一是類聚形式的段落，透過細緻和深入的觀察與思考，將彼此相關、相悖的事物加以分類，然後圍繞某一主題，予以引申；二是隨筆形式的段落，內容涉及山川草木、人物活動，以及京都特定自然環境的四季變化，抒發胸臆，綴成感想；三是日記回憶形式的段落，片斷性記錄自己出仕宮中的見聞。

經典名句

- 可憎惡之事，莫過於有急事時來訪，偏又饒舌好長談之客。
- 人在曉別的時候，最堪稱風流多情趣了。
- 我最看不起那些沒志向指望，只一味老老實實待在家伺候丈夫，便自以為幸福的女人。

清少納言說：「我只是想記下心中感動之事。」片段式寥寥數語，文字清雅富意趣，有時會對短句加以解釋，有時則否，僅簡單列出一串事物。文筆簡勁而犀利，有人認為《枕草子》的寫作風格深受唐代李義山《雜纂》影響，日本文學界推崇為隨筆文學典範。

《枕草子》與《源氏物語》二書在日本文學史並列平安時代文學作品雙璧。《源氏物語》的作者紫式部曾在《紫式部日記》批評清少納言的文風，文學界常拿《枕草子》與紫式部的《源氏物語》比較。紫式部、和泉式部和清少納言並稱平安時代「王朝文學三才媛」。

中文版《枕草子》

日文版《枕草子》

中文版本：

- 《枕草子》，林文月／譯，二〇〇〇年十一月，洪範書店出版。
- 《枕草子》，周作人／譯，二〇〇三年十二月，木馬文化公司出版。

02

日本第一部古典小說

源氏物語‧紫式部

目欲窮變世，心行止遠末。人間頻更替，無動是真情。

作者‧紫式部

出身貴族文人世家，平安時代的宮廷女官，原名藤原香子，生於西元九七三年，卒於一〇三一年。其父藤原為時，官拜越前守，相當於現今福井縣知事，善漢詩、和歌；母為藤原為信之女，兩者皆出身歌人學者的書香門第。

紫式部自幼思敏才穎，但生為女兒身，使父親為此惋惜。九九八年，紫式部嫁給藤原宣孝，育有一女賢子，婚後三年，宣孝病故，紫式部自此過著孤寂的寡婦生涯。才華出眾的紫式部，一〇〇六年出仕一条天皇的皇后彰子之女官。後代學者指出，《源氏物語》一書極可能是紫式部在丈夫亡故後，同年秋天開始執筆。

「紫式部」三字的由來，起因於兄長藤原惟規官拜「式部丞」，原稱「藤式部」，後因宮中慶宴有大臣藤原公任以她生得尊貴與美麗而戲稱她「紫色麗人」，爾後宮中貴族便以「紫」字稱頌她，從此，她即以「紫式部」自稱，意謂「紫之物語的作者紫式部」。

二〇〇四年，日本銀行發行日幣二千圓券，打破歷代慣例，在紙幣印上《源氏物語》繪卷與紫式部肖像，因為特殊，二千圓紙幣在市面上不見流通，絕大部分人都把二千圓當珍品收藏。

以情愛為主題的《源氏物語》，雖曾被後世人所詬病，但依歷史發展來看，「戀愛」在平安時代是貴族之間一種「風流」表現，也是風雅遊戲。對日本文化多所研究的作家謝鵬雄說：「有教養的人莫不戀愛。而婚姻的戒律只是一種心理上的約束。約束雙方好言相向。這種『文化』，不論其道德意義如何，誕生了許多詩歌文學與豔情故事。」又說：「紫式部置身奢華多彩的宮中生活圈裡，似乎內心並不怎麼喜歡這個生活環境。唯其如此，故能以冷靜的心智、敏銳的觀察、取材構思，寫成日本文學史上空前絕後的傑作。」

關於《源氏物語》

一〇〇八年出版的《源氏物語》為紫式部寫於平安時代的小說，是日本首部古典小說，對日本文學發展具有莫大影響，評論家譽為日本文學史上最優美、淒婉且恢宏的曠世鉅著，且是世界最早的長篇寫實小說。

「物語」二字原意「說話」，或稱附有圖畫的「話本」，或為「雜談」。《源氏物語》成書年代迄今未有精確日期，一般認為一〇〇一年至一〇〇八年之間，比但丁的《神曲》早三百年，比莎士比亞的作品早六百年，與情節相似的中國名著《紅樓夢》早七百年，占世界文學史重要地位。

全書分為三部，共五十四帖，各帖均以主角的人名、地名或植物名為卷名，十分趣味。洋洋灑灑百萬字的內容，以平安時代皇族光源氏家族為中心，描述宮廷權鬥、貴族男女的愛戀情仇等；第一部為光源氏的榮華軌跡物語，共三十三帖；第二部為光源氏晚年的憂愁物語，共八帖；第三部為光源氏第二世

▲〈宇治十帖〉之一，京都宇治朝霧橋前，浮舟與匂宮雕像。

▲ 紫式部在大津石山寺月見亭激發《源氏物語》靈感

▲京都嵐山野宮神社是宮女前往伊勢神宮致祭，必經齋戒淨身的神社。

文學地景：

京都：清水寺／風俗博物館／晴明神社／廬山寺紫式部宅邸遺址／大德寺雲林院／雲林院紫式部墓塚／大德寺紫式部供養塔／嵯峨嵐山／野宮神社／大本山天龍寺／清涼寺／渡月橋。

大津：石山寺／琵琶湖。

宇治：宇治橋／紫式部雕像／宇治川／源氏物語博物館／与謝野晶子歌碑／宇治上神社／宇治神社／朝霧橋／浮舟與匂宮雕像／橘橋／平等院。

三重：伊勢神宮。

代薰及匂宮的物語，共十三帖，其中，最後十帖發生在宇治，所以稱「宇治十帖」。

第一部與第二部，著墨桐壺帝的次子光源氏與紫之上，以及帝父妃子藤壺等多名女子之間的思慕、相戀、私情、婚姻生活為主軸，進而描繪他從人生最輝煌、最失意，到了悟命運、欲償出家之衷的歷程。第三部，以光源氏的第二世代薰為主體，描述貴族之間多重戀愛、婚姻生活、感情糾葛、人生煩惱與剃度出家等。

從美學角度來看，評論家認為《源氏物語》不僅文字婉約優美，情景描述生

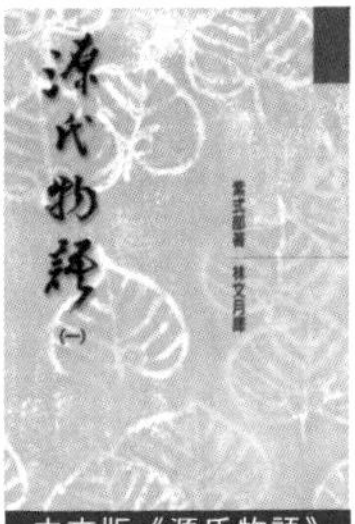

中文版《源氏物語》

中文版本：

- 《源氏物語》，林文月/譯，一九九七年一月，洪範書店出版。

日文版《源氏物語 》

延伸閱讀：

- 《源氏物語的女性》，林水福/著，二〇〇六年一月，三民書局出版。本書細膩的刻畫《源氏物語》十九位重要女性，從容貌、言談、舉止到幽微的情感和思緒。
- 《我在日本尋訪源氏物語的足跡》，陳銘磻/著，二〇一一年六月，樂果文化出版。本書開啟日本文學紀行寫作，帶領讀者重見平安時代的榮景，並深入認識王朝美學。

動，心理描寫細膩入微，人物刻畫栩栩如生，洋溢淡淡哀傷，這種源自大和民族淒婉之美的情感類型，以及文藝美學的寫作筆觸，深植於文化魅力深厚的平安時代，越發牽動人心，尤其對日本文學日後的發展與文化衍繹，均具深遠影響。

日本「源學」專家池田龜鑒認為，《源氏物語》的主題是：「光明、青春與爭鬥，死亡與超越死亡。」

作家謝鵬雄在〈千金文章出才女—紫式部〉一文說：「在從前的時代，《源

吉永小百合主演的《源氏物語》電影海報

生田斗真主演的《源氏物語》電影海報

氏物語》也曾被視為歌頌濫情綺情、滿篇風花雪月的書。明治維新以後經許多有見識的評論家的詮釋，這本書才進入大學，成為日本國文系的必讀書。日本人竟也花了近千年的歲月，才領悟到在那繪形繪色的纖細描述背後，有一位只說故事，而不妄下判斷的作者。因其不論是非，故望之彌高，高深莫測。」

經典名句

- 山櫻若是多情種，今歲應開墨色花。
- 相思到死有何益，生前歡會勝黃金。
- 恨事多有難忘處，奈何再會在歧路。
- 目欲窮變世，心行止遠末。人間頻更替，無動是真情。

03

日本中世隱士文學始祖

方丈記・鴨長明

河水流不斷，源水亦不絕。淤塵穢沫時有浮，經久卻未見之。世上的人與事也都是如此。

作者・鴨長明

一一五五年出生京都的鴨長明，長於神官之家，世代出任賀茂御祖神社（下鴨神社）中級神官，是平安末期至鎌倉初期的作家與詩人，二十三歲因侍奉的高松女院病故，棄家職學習和歌、琵琶等技藝，他的和歌盛名為後鳥羽天皇稱許。五十歲因官場失意，自宮廷不告而別，隱於大原鄉下，後出家皈依佛門，移居日野外山，歸隱洛北河合神社一隅，結「方丈」大小的「庵居」生活。他把結草庵隱匿的心情，寄託在流傳至今的隨筆《方丈記》一書中。

全書記述他在方丈之庵中閒寂的生活，表達內心的矛盾與煩惱。到最後直率

▲京都河合神社

文學地景：

京都：賀茂御祖神社/河合神社。

▲ 鴨長明舊宅跡，方丈庵所在地。

▲ 重建的方丈庵，座落於河合神社內。

的坦露心扉，為能否安於清貧而自我深省。措辭優美，渾然天成，結構巧妙，格調高逸，奠定了鴨長明「日本中世隱士文學始祖」的崇高地位。一二一六年歿。

孤寂的隱士呀！暮年生活在河合神社的山林，與綠林為伍，以寫作自娛，在方丈大小的草庵裡寫下天地好文，鴨長明洞悉生命百態，看盡人生榮枯，且是揮灑人性的先知先見，這和明清文人張潮的《幽夢影》、陳繼儒隱於小昆山之陽所著的《小窗幽記》何異？「花不可以無蝶，山不可以無泉，石不可以無苔，水不可以無藻，喬木不可以無藤蘿，人不可以無癖。」《幽夢影》中所描繪的隱居山林正是一種癖性！

關於《方丈記》

鴨長明一生適逢平安末期、鎌倉初期「源平動亂」的年代，經歷平氏一族的滅亡與古代天皇體制的衰落，他在隨筆《方丈記》，抒發時代變幻無常的感慨。

一二一二年出版的《方丈記》，全書十三節，以簡潔嚴整的和漢混合體寫成；書分兩部分，前一部，感慨世事多艱，記述平氏統治時期的天災、人事之變，提倡佛教的無常觀，以及京城生活的「虛幻與不安」；後一部，記述作者家系、出家隱居後的清貧生活。《方丈記》的主題，以世人與棲身之所的房屋之虛幻無常為主，用和漢混文為對句，說明諸行無常。文筆生動，讀來韻味有致。

經典名句

- 什麼事都不能有依賴心。癡迷之人過於依賴人事，就常怨恨他人或發怒生氣。
- 人生在世，得能長存久住，則生有何歡？正因變化無常，命運難測，方顯人生百味無窮。
- 於人跡罕至、水草清茂之地，逍遙徜徉，賞心悅事莫過於此。

中文版《方丈記》

中文版本：

- 《方丈記．徒然草》，李均洋/譯，二〇〇二年六月，河北教育出版社出版。

日文版《方丈記》

《方丈記》和《徒然草》被認為日本古代隨筆文學雙璧，深邃警世，充溢人生無常和飄然出世的思想，象徵日本古代隨筆文學最高成就，又與《枕草子》和《徒然草》並列日本古代散文三璧，讀之韻味十足，發人深省。如：

若關心他人，則為愛而傷神；若從世俗，則身心窘困；若不從世俗則被視為瘋癲；只要親近人，心就會被愛所俘虜；如果遵從世間規定，又會被束縛所苦；究竟該在哪裡，才能讓心情平靜？

04

日本的伊里亞德

平家物語・信濃前司行長

祇園精舍的鐘聲，敲出人世間無常的響聲。

《平家物語》說書人・無耳芳一

《平家物語》成書於十三世紀鎌倉時代，屬軍記物語，作者不詳，眾說紛紜；吉田兼好在《徒然草》明喻可能是信濃前司行長所寫，原本三卷，後經目盲僧侶芳一以琵琶伴奏傳唱、補充，再加文人校勘、編寫，衍生成今日十三卷本。原稱〈平曲〉或稱〈平家琵琶曲〉。西方人譬喻為「日本的伊里亞德」。全書一九二節，記敘一一五六年到一一九一年三十餘年間，平家與源氏兩大武士集團興衰起落的政爭權鬥。

琵琶法師原名生仏，有稱芳一，為一目盲僧侶，常在路邊彈奏琵琶。鎌倉時代初期，以《平家物語》為藍本配合琵琶做出〈平曲〉，唱誦經文和說唱《平家物語》為人知曉。〈平曲〉內容描述平安王朝末期，舊貴族階級日趨沒落，逐漸被新興武士階層取代，終焉滅亡的爭戰過程。小說記敘平清盛因一時之仁，使源賴朝兄弟得以免死，最終平家滅絕，源賴朝以妒嫉之心追殺胞弟源義經，義經死後四個月，奧州藤原氏榮華告終，最後源氏宗族被北条家所滅；源平之戰，孰勝孰敗？正如卷首語所言：「驕奢者如一場春夢，不會長久；強梁者如一陣輕塵，過眼雲煙。」

關於《平家物語》

《平家物語》圍繞在以平清盛為首的平家和以源賴朝為首的源氏，兩大武士家族政爭的故事，全書以編年體寫作，內容分三部分：

第一部分敘述平清盛登上第一位武家當上太政大臣職位的大人物後，性情丕變，跋扈、驕奢與霸道，除了將女兒建禮門院德子嫁給高倉天皇，排除眾議，讓年幼的外孫登基為安德天皇，並囚禁後白河法皇，控制朝廷，導致內戰四起。此外，強行遷都福原，引起貴族公家不悅，後來不得不遷回京都。福原遷都一事，被鴨長明寫入《方丈記》，視為與地震、饑饉、旋風、大火等同樣的災禍。

第二部分著重在長子平重盛去世不久，平清盛熱病往生，由三子平宗盛繼承平家。平宗盛能力不足，戰力不夠，平家漸趨衰敗。此時，平家對手，源氏的木曾義仲乘勢崛起，攻掠京城，逼迫平家撤遷西國。義仲進入首都後，無法約束軍隊，軍心渙散，最後由身在鎌倉的源賴朝下令兩位弟弟源範賴和源義經追討，並且將義仲斬首示眾。

第三部分集中在被日本人視為戰神的源義經身上，義經進入京城後，承受後白河法皇信賴，並在追討平家的一ノ谷之戰、壇ノ浦之戰中立下輝煌戰績，被視為打敗平家，使平家由盛至衰，終被消滅的最大功臣。由於戰功彪炳，引起源賴朝妒嫉，下令追殺，義經一路逃到奧州平泉，起初，還能受藤原秀衡庇護，但秀衡死後，其子藤原泰衡為討好源賴朝，逼使義經自盡身亡，成為日本史上備受矚目的悲劇人物。

其中，吉川英治所著日文版《新・平家物語》，敘述享盡榮華富貴的平家

▲ 壇ノ浦古戰場，下關御裳川公園的源義經與平知盛對決雕像。

文學地景：

廣島：宮島/宮島口蘭陵王/清盛神社/巖島神社/宮島平家納經/瀨戶內海。

門司：和布刈神社/門司城遺跡/門司柳の御所/壇ノ浦合戰圖/甲宗八幡神社/關門海峽。

下關：大歲神社/壇ノ浦古戰場/幼帝御入水處/平家の一杯水/赤間神宮。

京都：六波羅蜜寺/若一神社/寂光院/長樂寺/瀧口寺/祇王寺/八坂神社/三十三間堂/宇治川の先陣。

兵庫：明石海峽/明石/清盛塚/荒田八幡神社。

▲ 壇ノ浦海戰中自盡的「七盛塚」，在下關赤間神宮。

▲ 廣島的嚴島神社是平家拜佛聖地，圖為宮島清盛神社。

一族，在棄京之後的源平合戰，歷經一ノ谷、屋島、壇ノ浦等戰役後，節節敗陣，終至滅亡。重點在平清盛與平宗盛兩個時期，以及保元之亂和平治之亂兩次爭戰，通篇以編年體寫作。作者在書中還加入個人對源平兩個武士集團的看法，形成以作者的眼界尋找平氏衰亡原因為主要線索的創作，寓寄了警世縮影，並藉由指摘，警諭驕奢必敗的諄諄誡語。

另則，宮尾登美子所作的《宮尾本平家物語》塑造了王朝文學所不曾有過的披堅執銳、躍馬橫槍的英雄人物。全書貫穿新興的武士精神，武士、僧兵取代貴族地位，成為英姿勃發的傳奇人物。這些形象的出現，象徵日本古典文學開創了與王朝文學迴然不同的傳統寫作新局，對後世文學發展影響深遠。

中文版《平家物語》

中文版本：

- 《宮尾本平家物語》，孫智齡／譯，二〇〇七年六月，遠流出版公司出版。
- 《平家物語》，鄭清茂／譯，二〇一四年八月，洪範書店出版。

日文版《平家物語》

延伸閱讀：

- 《平家物語圖典》，葉渭渠／譯，二〇〇六年六月，八方出版社出版。本書蒐錄數十幀珍貴原版「平家繪」，從物語繪、屏風繪、隔扇繪、扇面繪等追求場景的動態變化和壯偉場面。
- 《我在日本尋訪平家物語的足跡》，陳銘磻／著，二〇一一年六月，樂果文化出版。本書為《平家物語》的文學地景紀行，帶領讀者進入平安時代武士家族的爭戰地，以及悲劇美學。

臺大歷史系教授李永熾評論，與出自平安時代初期，紫式部創作的《源氏物語》並列日本古典文學雙璧的《平家物語》，一文一武，一象徵「菊花」，一象徵「劍」。

經典名句

• 祇園精舍的鐘聲，敲出世間無常的響聲。兩株娑羅樹的花色，訴說盛極必衰的道理。驕奢者如一場春夢，不會長久。強梁者如一陣輕塵，過眼雲煙。

05

日本三大隨筆文學

徒然草・吉田兼好

人心是不待風吹而自落的花。

作者・吉田兼好

一二八三年出生的吉田兼好，是南北朝著名歌人，本姓卜部，居住京都吉田，故稱吉田兼好，精通儒、佛、老莊之學。曾在朝廷為官，初期伺候後宇多院上皇，為左兵衛尉，一三二四年，上皇駕崩後在修學院出家為僧，後行腳各處，一三五〇年歿於伊賀。

吉田兼好譬喻一段關於射箭的哲理：

某人學射箭，拿兩枝箭去射靶。老師對他說：「初學的人，不要帶兩枝箭，因為會產生依賴後一枝箭，而對前一枝箭不用心的態度。每次射箭不要有哪枝能射中、哪枝不能射中的想法，應該有一箭必中的決心。」

中文版《徒然草》

中文版本：

・《徒然草》，王以鑄/譯，二〇〇四年三月，木馬出版公司出版。

日文版《徒然草》

按理說，在老師面前僅帶兩枝箭，怎麼會產生其中一枝箭無關緊要的想法呢？學生雖然不認為會產生鬆懈念頭，但老師卻懂得這一點。這個道理適用於任何事。

學習某項本領的人，以為除了今晚，還有明朝；到了早晨，還有晚上，總想到了那時再認真學習。更何況，他哪裡知道在瞬間也會萌生鬆懈念頭呢！看來，在立志奮發的一瞬，能立即見之實行，該是多麼難的事啊！

喜歡吉田兼好的智慧，喜歡《徒然草》情趣與清雅所流露悲憫生命的幽然感傷。

▲吉田兼好家居京都市左京區吉田

文學地景：
京都：仁和寺。

▲ 鄰近京都大學的吉田神社

▲ 成為平安京鎮守神社的吉田神社

關於《徒然草》

吉田兼好於一三三一年寫成的隨筆《徒然草》，是一部探究人生哲學的書，日語字義「徒然」是「無聊」之意。這部隨筆共分二四三段，由雜感、評論、小故事，及一些紀錄或考證性質的作品，互不連屬、長短不一的散文形式所組成。主題環繞無常、死亡、自然美等，涉及當時社會各階層以及公卿、貴族、武士、僧侶、樵夫、賭徒等人物。

作者對當代日趨滅亡的貴族命運予以批判，認為這是順乎「變化之理」，並運用寓意的小故事說理。語言簡練剛勁，描寫生動精準，被認為隨筆文學佳構，與清少納言的《枕草子》並稱日本隨筆文學「雙璧」，或稱《徒然草》、《枕草子》、《方丈記》為日本三大隨筆文學。

《徒然草・寂寞》文摘

人心是不待風吹而自落的花。以前的戀人，還記得她情深意切的話，但人已離我而去，形同路人。此種生離之痛，有甚於死別也。故見到染絲，有人會傷心；面對岔路，有人會悲泣。堀川院的百首和歌中有歌云：「舊垣今又來，彼姝安在哉？唯見萋萋處，寂寞堇花開。這種寂寞的景況，誰說沒有呢？」

經典名句

- 世上的事，最令人回味的，是始和終這兩端。
- 天地萬物，壽命之長沒有能超過人的。其他如蜉蝣，早上出生晚上即死；如夏蟬，只消活得一夏而不知有春秋。抱著從容恬淡的心態過日子，那麼一年都顯得如此悠遊、漫長無盡；抱著貪婪執著的心態過日子，縱有千年也短暫如一夜之夢。

06

極盡情色描寫之能事

好色一代男・井原西鶴

五十四年間遍歷女色男色凡四千餘人。

作者・井原西鶴

井原西鶴原名平山藤五，一六四二年出生大阪，別號鶴永、二萬翁。十五歲開始學習俳諧，師事談林派的西山宗因，二十一歲成為俳諧名家。年輕時獨創「浮世草子」體裁，促使町人文學誕生，成為江戶時代浮世草子和人形淨瑠璃著名的俳句詩人。

「浮世草子」指江戶時代產生的日本前期近代文學形式之一，又稱「浮世本」。「浮世」有兩個意思，一為現世之意，其次為情事、好色之意。始於大阪，流行及至江戶，主要以庶民生活為主題書寫。

▲ 大阪市天王寺區生國魂神社的井原西鶴雕像

文學地景：

大阪：天王寺區生國魂神社井原西鶴雕像、伊丹市5丁目有岡公園井原西鶴歌碑、錫屋町井原西鶴終焉地立碑。

▲ 大阪市中央區谷町3丁目「西鶴終焉之地」碑

中文版《好色一代男》

中文版本：

- 《好色一代男》，王啟元、李正倫／譯，一九九八年十月，臺灣商務印書館出版。

日文版《好色一代男》

延伸閱讀：

- 《好色一代女》，井原西鶴／著，王啟元、李正倫／譯，二〇〇四年一月，中國民族攝影藝術出版社出版。本書描寫女子從豆蔻年華初嘗愛情滋味，後經歷跌宕起伏、百轉千回的情路，最終被情欲泥垢玷污全身。

《好色一代男》電影海報

「人形淨瑠璃」屬於獨立性的人偶戲劇形態，是一種說唱詞章，像芳一法師說唱《平家物語》的〈平曲〉一樣，由琵琶伴奏，為兼具素樸音樂性的說唱故事形式。

井原西鶴三十四歲時，妻子逝世，從此抑鬱寡歡，為表達對妻子的眷戀，他曾一天創作了一千首俳諧；後又將經營的店鋪和小孩託付夥計照料，自己在大阪削髮修行，周遊各地。五十歲時，女兒過世，一六九三年九月，跟著因病往生，享年五十一歲。臨死前完成最後一首俳句：「人生五十年，滄桑閱盡多兩年，雖死無遺憾。」西鶴的俳諧著作十餘種，代表作《西鶴大矢數》、《五百韻》等。

關於《好色一代男》

一六八二年，井原西鶴四十一歲，以散文形式寫下第一部情色小說《好色一代男》，博得好評，被認為是「浮世草子」社會小說的起點、現實主義「市民文學」的開端。自此，全力創作小說，直到五十一歲病逝，共寫了二十多部小說。

井原西鶴的小說創作分為三個階段。初期著重以愛情為人生第一要務，再以人物形象與男歡女愛為題材，如：《好色一代男》和《好色二代男》。第二階段以生活在封建和道德壓制下釀成悲劇的女性為主的《好色五人女》。最後是完成於一六八六年，描寫某諸侯的寵妾淪為娼妓的悲慘一生的情欲小說《好色一代女》。

《好色一代男》被列為江戶時代前期的代表文學，也是井原西鶴的處女作，全書八卷八冊，一六八二年出版。一如書名，《好色一代男》極盡情色描寫之能事，人物刻畫入微，情節生動精采，充滿感官刺激，對地方風土物態有細緻描繪。

《好色一代男》體裁仿照《源氏物語》五十四帖，將主角「世之介」七歲到六十歲的經歷寫成五十四帖短篇，各篇既獨立又連貫，自成一格。由於該書具有時代意義，後世遂將《好色一代男》的體裁稱作「浮世草子」。

故事描述主角但馬屋的少爺世之介，七歲即通曉男女情事，少年生活放蕩，縱情聲色，遭父親斷絕親子關係，逐離家門，他愈加肆無忌憚，大張旗鼓冶遊各地花街、妓院娼館，進行「好色修業」。三十五歲，父親往生，意外繼承大筆遺產，生活更加放浪，開始接觸豔名遠播、傾國傾城的娼妓，荒淫無度到了極點，六十歲時，決定進行人生遊歷，駕駛「好色丸」大船，滿載財寶及催情食品與工具，偕同六位友人，航行前往傳說中只有女人的歡樂之島「女護島」，最後音訊全無，不知所踪。

本書是作者三十四歲喪妻後，以自身遍訪各地花街柳巷的經歷為創作素材，藉由世之介與三七四二個女性發生性關係的切身經歷，意圖悟出「色道」。讀來有些荒唐，有些荒謬，但作者以其縱橫古今的才華，反映三百多年前，商人階級興起後，庶民繽紛生活的實貌，以及當代人民的生命美學，無怪乎會被後世視為江戶時代的《源氏物語》。

經典名句

- 沒有比女人的心更善變的東西了。
- 美麗的女人朝秦暮楚；善良的女人意志堅定。

07

日本俳諧文學的瑰寶

奧之細道・松尾芭蕉

寺院一片寂，蟬聲透岩石。

作者・松尾芭蕉

一六四四年，松尾芭蕉出生三重縣上野市，是低階武士的兒子。幼名金作、半七、藤七郎、忠右衛門，後改名甚七郎、宗房，俳號宗房、桃青、芭蕉。蕉門弟子在其編著中，敬稱他為芭蕉翁；別號釣月軒、泊船堂、天天軒、坐興庵、栩栩齋、華桃園、風羅坊和芭蕉洞等。

芭蕉十三歲喪父，進入藤堂家，隨侍新七郎嗣子良忠，良忠比芭蕉長兩歲，平日學習俳諧，號蟬吟，師事貞門俳人北村季吟，芭蕉跟隨良忠學習俳諧；做為蟬吟的使者，芭蕉數度前赴京都拜訪季吟，深得寵愛。一六六六年春，蟬吟病歿，芭蕉返回故鄉。

一六八〇年冬，芭蕉蒙門人杉山杉風邀請，移居深川芭蕉庵居住。隔二年，芭蕉庵遭火焚燬，流寓甲州，翌年重回江戶。其間，芭蕉逐漸將俳諧改造成嶄新的寫作藝術，創立具有嫻雅、枯淡、纖細、空靈風格的蕉風俳諧。他在一六八三年出版的俳諧集《虛栗》跋文中說：「立志學習古人，即是表達對新藝術的自信。」

一六八四年，芭蕉做《野曝紀行》之旅，歸途，在名古屋出席俳諧大會，得《冬日》五「歌仙」，此乃蕉風俳諧創作成果的一次總檢閱。此後，芭蕉於《鹿島紀行》、《笈の小文》、《更科紀行》等紀行寫作，進一步奠定蕉風俳諧的文學地位。一六八九年的《奧の細道》之旅，是蕉風俳諧的第二轉換期。

他宣揚「不易流行」之說，主張作風脫離觀念、情調探究事物的本質，以詠歎人生為己任。其後出版的《曠野》、《猿蓑》等，呈現蕉風俳諧的特色。

由於芭蕉在旅途中展現快速步伐，有人認為他可能當過忍者。長程旅途讓他得以觀察列國，包括獲得德川幕府的相關情報。芭蕉的出生地在伊賀國上野，而伊賀是忍者的故鄉，加諸年少當過藤堂良忠的隨從，因而，少數學者暗示芭蕉正是德川幕府的間諜。

一六九四年，芭蕉離開京都前赴西方旅途，在大阪染患嚴重腹疾，折返故鄉；是年十月十二日辭世，享年五十一歲，臨終前留下最後俳句：「旅途罹病，荒原馳騁夢魂縈旅。」（に病で、夢は枯野をかけ廻る）作品計有：《貝炊》、《俳諧次韻》、《虛栗》、《曠野》、《風雨紀行》、《冬日》、《鹿島紀行》、《笈中小札》、《更科紀行》、《奧之細道》、《幻住庵記》、《木炭草袋》、《芭蕉七部集》等。

關於《奧之細道》

一六九四年出版的《奧之細道》，是俳諧大師松尾芭蕉的經典紀行文學，屬於「俳諧紀行文」，記述芭蕉與弟子河合曾良於一六八九年從江戶出發，經栃木縣、福島縣，遊歷東北、北陸至大垣（岐阜縣）為止的見聞，與沿途有感而發撰寫的紀行俳句，凡遇美景名勝，無不留下佳文俳句。如：「月日者百

▲ 京都市右京區松尾芭蕉舊宅邸「落柿舍」

文學地景：

《奧之細道》路徑：栃木縣、福島縣、宮城縣、岩手縣、山形縣、秋田縣、新潟縣、富山縣、石川縣、福井縣、滋賀縣、岐阜縣。包括：

（一）日光路/草加、室之八島、日光、那須、黑羽、雲巖寺、殺生石、蘆野。

（二）奧州路/白河、須賀川、淺季、信夫、佐藤庄司舊跡、笠島、武隈之松、仙臺、壺碑、鹽釜、松島、石卷、平泉。

（三）出羽路/出羽越、尾花澤、立石寺、大石田、最上川、羽黑山、月山、湯殿山、酒田、象瀉。

（四）北陸路/越後路、市振、有磯海、金澤、小松、那谷寺、山中、大聖寺、汐越之松、丸岡、永平寺、福井、敦賀、種濱、大垣。

代之過客，來往之年意旅人也」、「石山濯濯，岩石白潔如洗，秋風更白」、「古池塘，青蛙躍入，一聲響」、「樹下肉絲，菜湯上，飄落櫻花瓣」、「寺院一片寂，蟬聲透岩石」、「海邊暮色薄，野鴨聲微白」、「春雨霏霏芳草徑，飛蓬正茂盛」，閑寂風雅之美，均為千古名篇，不僅體現日本人自豪的文學特色，也具有放諸四海皆準的普世藝術價值，是日本俳諧文學瑰寶。

俳句，原稱俳諧，日本古典短詩，由五、七、五，三行十七個字母組成，俳句中必定要有「季語」。「季語」表示春、夏、秋、冬的季節用語，如：「驟雨」、「秋風」、「雪」、「櫻花」、「蟬」、「鮭」、「絲瓜」等大自然現象、動植物、昆蟲等名稱。日本最初的俳句出現於《古今和

▲ 松尾芭蕉的出生地三重縣伊賀上野

▲ 宮城縣松島灣商店前松尾芭蕉坐像

歌集》，及至江戶時代。松永貞德、井原西鶴、松尾芭蕉、與謝蕪村、小林一茶、正岡子規等都是箇中好手。

評論家認為，芭蕉的《奧之細道》文字恬淡圓熟，把「色潤情潛」和「憐世」的美學融於世俗之中，在藝術上追求更高境界。這部以俳句完成的紀行見聞，受世人喜愛，日人奉為「俳聖」。

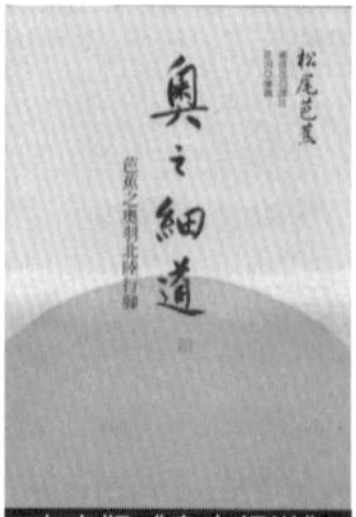

中文版《奧之細道》

中文版本：

- 《奧之細道：芭蕉之奧羽北陸行腳》，鄭清茂/譯，二〇一一年一月，聯經出版公司出版。

日文版《奧之細道》

延伸閱讀：

- 《俳旅：奧之細道》，李憲章/著，二〇〇三年二月，秋雨文化公司出版。本書作者貼近芭蕉的歷史足跡，走訪著名景點，間以芭蕉俳句，描寫古道今昔，交織成一段匯古融今的東北紀行。

經典名句

- 沒有眼裡所無法看見的花朵，更無心中所不願思慕的明月。
- 春將逝，鳥啼魚落淚。
- 松島啊，松島。

金色夜叉・尾崎紅葉

貧窮的人偷竊不足為奇，不貧窮的人也會偷竊嗎？

作者・尾崎紅葉

一八六八年出生東京芝中門前町的尾崎紅葉，原名尾崎德太郎，父親是名根雕工匠，同時又是相撲場的幫閒者。尾崎紅葉從小對父親的職業身分感到羞恥，極力避諱與父親的關係，甚至不願向人提及。母親在他四歲時因病去世，由外祖父家收養。小時就讀三田英學校，一八八五年進大學預科學習，和山田美妙等人成立「硯友社」，出版刊物《我樂多文庫》，推崇寫實主義，是日本近代文學史上最早的同人雜誌。

一八八八年，尾崎紅葉就讀東京帝國大學法學系，一八八九年轉入國文學系，一八九〇年因學期考試兩度落第，被迫退學，決意轉成專事文學創作的作家。一八八九年即發表短篇小說《兩個比丘尼的色情懺悔》，同年，受聘擔任《讀賣新聞》文藝欄編輯。尾崎紅葉的創作意識承受作家井原西鶴影響頗深。作品有中篇小說《香枕》、《三個妻子》，長篇小說《多情多恨》。一八九七年，《金色夜叉》在《讀賣新聞》連載，一時洛陽紙貴，引起廣大迴響，可惜大作未竟刊載結束，作者就罹患胃癌去世。

尾崎紅葉生前還翻譯、改編不少歐洲文學作品。寫作小說之餘，尚且喜愛俳

▲ 熱海市東海岸町《金色夜叉》主角貫一和お宮的雕像

▲ 熱海市立圖書館典藏《金色夜叉》繪圖

文學地景：

熱海市：間貫一與鴫澤宮的雕像／金色夜叉之碑／初代宮之松／二代宮之松／尾崎紅葉筆塚。

▲ 熱海市東海岸町《金色夜叉》女主角お宮之松

▲ 熱海市春日町尾崎紅葉句碑

句，曾為俳壇留下不少雋永佳句。尤其，對泉鏡花、小栗風葉、柳川春葉、德田秋聲等弟子培育寫作，傳為日本文壇佳話。評論家認為，尾崎紅葉的創作是從戲作〔注〕出發，經由井原西鶴，最後試圖達到近代寫實主義。因此，文學界把他歸類為擬寫實主義和擬古典主義，有人索性把他的文學稱為「半戲作的擬似近代文學」。

著作有：《金色夜叉》、《香枕》、《兩個比丘尼的色情懺悔》、《三人妻》、《多情多恨》、《青葡萄》、《黑暗的心》。

關於《金色夜叉》

一八九七年開始，歷經五年斷續在《讀賣新聞》連載的長篇小說《金色夜叉》，是尾崎紅葉著名的作品，可惜小說連載未竟結束，作者即罹患胃癌去世，結局由弟子小栗風葉根據《金色夜叉腹稿備忘錄》接續完成。這部小說以愛情與金錢為主軸，描繪上下層社會的人物形象，以及愛情遭金錢染指，終至戀人背叛的故事，是明治初期出版的小說中，擁有最多讀者的作品之一。評論家說，尾崎紅葉的作品充滿自然主義情調。

《金色夜叉》譬喻為「金錢魔鬼」。描寫一名大學預科生間貫一遭未婚女友鴫澤宮無情拋棄的情變故事。一個為貪戀銀行家兒子的財富，不惜移情別戀的女子；一個因愛生恨變成放高利貸的斂財魔鬼的男子，搖身成為金錢夜叉，兩個人都為難以挽回的情路付出代價。某個月夜，這對戀人終焉在熱海的海岸啼哭分別，僅能用抱憾的餘生救贖情愛罪孽。

小說反映了明治時期社會步入資本主義過程衍生的金權主義，並揭示金權主義摧毀人性。作者透過小說對金權社會的批判，還將文學與社會心理學結合，融會成為雅俗共賞的絢爛文體，吸引萬千讀者閱讀，對當代日本社會產生巨大影響。

日本文壇著名的後現代主義文學創導者高橋源一郎，在著作《文學王》如此評價《金色夜叉》：「讀了《金色夜叉》著實嚇了一跳，實在是太有趣了，真的，近來我一直在尋找那些雖然沒有讀過，但卻眾所周知的日本文學作品，其中王者難道不就是《金色夜叉》嗎？開始閱讀時，老實說，我完全沒抱什麼期待，讀後卻覺得有趣得不得了，恨不得驚呼：哇！紅葉，你才是最棒的！看來帶著偏見是不行的。」《金色夜叉》主角間貫一和鴫澤宮這對戀人訣別的熱海，當前成為蜚聲海內外的旅遊勝境。

中文版《金色夜叉》

中文版本：

- 《金色夜叉》，邱夢蕾/譯，一九九五年一月，星光出版社出版。
- 《金色夜叉》，金福/譯，一九九七年五月，志文出版社出版。

日文版《金色夜叉》

〔注釋〕

- 「戲作（げさく、ぎさく）是江戶時代後期的通俗小說類之總稱。」（維基百科）戲作的著者稱為戲作者。寫作芥川時查過日文資料，「戲作」又可指有情感的短篇作品，概指戲曲作品或情節感人的小說。

經典名句

- 即使走在一起，也只限於今天。
- 金錢是循環天下之物。
- 那一天晚上，那輪明月晶瑩，可是兩人心情陰暗。
- 記著今天一月十七日吧！明年的今月今夜，後年的今月今夜，十年後的今月今夜，我一定會用我的眼淚使月亮陰晦！

09

一千年才出現一個的天才

亂髮・與謝野晶子

聖上自己不出征，卻叫別人的孩子去流血，
去為野蠻殺人而送命，還要說這種死光榮！

作者・與謝野晶子

與謝野晶子，本名鳳晶，一八七八年十二月出生大阪府堺市，是明治至昭和時期的詩人。父親鳳宗七為皇室御用糕點商人。與謝野晶子出生後不久即送往姑姑家養育三年，直到弟弟出生後才被接回，此後，父親拿她當男童教養。四歲被送到小學就讀，因啟蒙尚未成熟，不成，六歲再次送入就學。

小學畢業考入京都府立第一女子中學，因不滿學校課程老舊陳腐，遂意留在家中幫父母做事。一方面父親為守護她的貞操，白天不許單獨出門，晚上困鎖臥房；二方面家中藏書甚豐，邊做家事邊讀書，將閱讀視為抒發窒息式情緒的出口，甚至是逃脫現實憤怒的管道。

期間，她飽讀平安時期的宮廷文學、江戶時代的通俗小說，及至明治初期的當代文學，包括：清少納言、紫式部、尾崎紅葉、幸田露伴、樋口一葉等大家的作品，與白居易等人的古典文學名作。

一八九七年因閱讀詩人鐵幹發表在《讀賣新聞》的作品，躍躍初試自己詩作的可能性。不久，結識本名與謝野寬的謝野鐵幹，兩人心生愛慕，私定終身，並結為連理。鐵幹有過兩次婚姻，與晶子結婚後，兩人理不清太多風流情史的情感糾葛。

與謝野晶子早期作品大都抨擊日本舊社會的虛偽道德，強烈呼喚真愛真情和自由戀愛。多數謳歌肉體感官之美，深切表現少女情竇初開的思春情態。如《善惡草》的思春歌：

講道君子喲／柔嫩肌膚空在身／熱血徒澎湃／無人觸摸無人愛／人不亦寂寞難捱？

日俄戰爭後期，作品表現反戰與關注個人生命的主題。曾發表著名的詩歌

《你，不要死！》引起莫大迴響：

嘆身處旅順包圍軍中之弟

你呀！不要死！

聖上自己不出征，卻叫別人的孩子去流血，去為野蠻殺人而送命，還要說這種死光榮！

人都說聖上慈悲為懷，可這件事又怎能教人想得開通？

這首詩強烈表達了熱愛和平，反對戰爭的心意，吐露家人被迫赴戰的辛酸，是主題鮮明的反戰作品。尤其詩句勇敢向絕對主義的天皇發起挑戰，反映出與謝野晶子無所顧忌的自由意志與反抗個性，更且引起人們痛恨戰爭的共鳴。

一生著述頗豐，作家田邊聖子評為：「一千年才出現一個的天才。」一九四二年五月病歿。

關於《亂髮》

一九〇一年出版的《亂髮》，是與謝野晶子的第一本詩集，全書收錄

▲ 大阪府堺市堺區甲斐町「與謝野晶子生家跡」紀念碑

文學地景：
大阪府堺市堺區宿院町：與謝野晶子紀念館。
京都宇治：與謝野晶子文學碑。
靜岡縣靜岡市清水區興津清見寺：與謝野晶子文學碑。
大阪府堺市浜寺公園：與謝野晶子文學碑。
山梨縣富士吉田市本栖湖：與謝野晶子文學碑。
伊豆大島波浮港：與謝野晶子文學碑。

▲ 京都宇治宇治川畔與謝野晶子的〈宇治十帖〉歌碑

▲ 鎌倉大佛園區與謝野晶子〈讀大佛〉歌碑

中文版《亂髮》

中文版本：

- 《亂髮》，李敏勇／譯，一九九九年九月，圓神出版公司出版。
- 《亂髮：短歌三〇〇首》，陳黎、張芬齡／譯，二〇一四年六月，印刻出版公司出版。

日文版《亂髮》

三百九十九首短歌。書名取自鐵幹的詩句「心思騷動之女／亂髮之女」。詩集出版後引起轟動，重新點燃日本文壇奄奄一息的浪漫火苗。人們說，這是一部熱情、大膽、靈巧、迷人的短歌集。

「短歌」是日本盛行的詩歌形式，由五七五七七，三十一音節組成，又稱

經典名句

- 把所有的紅花／留給我的朋友／不讓她知道／我哭著採擷／忘憂之花。
- 春天短暫／生命裡有什麼／東西不朽？／我讓他撫弄我／飽滿的乳房。
- 這些廢紙上／寫著我憤世怒罵的／詩篇／我用它們壓死／一隻黑蝴蝶！

「和歌」。這本短歌集，關於「春」的描述特別多，是禮讚春和禮讚戀，讚頌官能美的春歌集，使人讀來難忘的日本現代與古典女性兼備的短歌集。

印刻文化出版的版本除收錄與謝野晶子劃時代短歌名作，還收有小野小町、紫式部、和泉式部等七十首古典女詩仙經典之作。

▲ 大阪府堺市車站前與謝野晶子的雕像

▲ 岡山備前市與謝野晶子歌碑

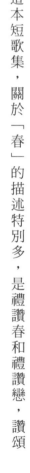

10

日本妖怪文學始祖

怪談・小泉八雲

如果你對他們不好，我會讓你得到應有的報應！

作者・小泉八雲

原名Lafcadio Hearn的小泉八雲，是首位西方籍日本作家，一八五〇出生希臘愛奧尼亞群島，父親為愛爾蘭軍醫，英國占領伊阿寧群島時，留駐島上，與一名希臘女子結婚，生下Hearn。Hearn的先祖據說是中世紀吉普賽民族，因此Hearn的血統裡含有流浪的藝術氣質。稍長，被父親帶到愛爾蘭，進入杜爾漢的烏瀉天主教會學校讀書。不久，父母亡故。十九歲後，遭困頓逼迫，遠行到英國、美國，開始飄泊生涯。

一八九〇年，Hearn搭乘亞比尼號客船，從加拿大溫哥華，橫越太平洋進入

▲ 熊本市中央區安政町小泉八雲舊邸

文學地景：

島根縣松江城：小泉八雲紀念館/小泉八雲故居。

熊本市中央區安政町：小泉八雲故居。

下關：赤間神宮無耳芳一雕像。

▲ 島根縣松江市北堀町小泉八雲舊邸

▲ 下關赤間神宮《怪談》主角無耳芳一木雕坐像

日本橫濱。後來，與島根縣松江藩士的女兒，任職松江中學的英語教師小泉節子相識、結婚，一八九六年歸化日本，受聘東京大學擔任英國文學教授。因喜歡「八雲立つ／出雲八重垣／妻ごみに八重垣作るその八重垣を」（雲氣紛紛湧出，在出雲眾山間，為留住妻子，故而築起八重垣），便依妻姓，取名「小泉八雲」。

旅居日本多年，他深愛當地充滿魅惑的東洋風土人情文化，且從妻子口中聽聞不少民間怪異故事，便著手以英文寫成短篇小說，包括〈鴛鴦〉、〈乳櫻〉、〈長袖和服〉、〈鮫人報恩〉、〈生靈〉、〈毀約〉等，集結成《怪談》一書。這本書後來由平井呈一譯成日文，受到讀者歡迎，也使他成為怪談文學始祖。導演小林正樹曾將他書裡的篇章，如：《平家物語》說書人「無耳芳一」與糾結情感的「雪女」拍成電影，已故導演黑澤明的電影《夢》的靈感，也是來自小泉八雲的著作。其他作品如：《骨董》、《明暗》、《日本雜記》，尤其《日本與日本人》更是研究日本人的重要著作。

小泉八雲精通英、法、希臘、西班牙、拉丁、希伯來等多種語言，學識淵博，為當代少見。住在日本的後半生致力推動東西文化交流、譯作，促進不同文明相互了解，貢獻良多。一九〇四年，因工作勞累及遭受同儕排擠，憂憤死於東京寓所。

他生命中的日本生涯，從一八九一年到一八九四年，任教熊本市第五高等學校（現在的熊本大學），擔任英語教師，故居坐落熊本市水道町站鶴屋百貨店正後方。

關於《怪談》

一九〇二年出版的《怪談》，透過鄉野奇譚，描繪在黑暗和冷寂中流轉的靈異傳聞、人妖之間的愛情、歷史傳奇典故，如夢似幻、撲朔迷離，作者藉由幽雅而淒迷的敘述，超越陰陽兩界的對話，逾越人鬼神各處一方的自然規律，傳達出精采有趣、詭譎可怖、瑰麗形式的寫作，使讀者在神祕與幽玄中感慨炎涼世態，慨歎無奈人間。

本書故事和語境大都帶有濃厚鄉土氣味，充溢大和氣息，作者以淵博學識和細膩入微的審美觀，卸除鬼怪靈異的恐怖描述，娓娓傳誦纖細哀婉淒幽的人性美，融合西方熱情雄渾的意識與東方質樸的理解方式，敘述妖魔鬼怪的世界，承載了日本沉重的歷史負荷與東方特有的文化美感，確然具有品味的價值：

雪女愛上年輕英俊的樵夫，饒他不死，多年後，男子卻遺忘承諾，背叛了她的真心。

眼盲的琵琶琴師芳一借宿寺院說書，夜夜被武士帶往獄城對神祕貴族獻唱〈平曲〉，寺院住持卻發現事有蹊蹺，在他身上以硃砂寫下心經。

年輕士兵愛上住在橋下宮殿的美麗女子，要他不能說出兩人相愛的事。這次，神祕美女不是蛇，不是狐狸，更不是龍女。

行刑前，被判死罪的男子揚言死後必找機會報仇，主公該如何化解這股怨瘴？

死後的妻子在棺材裡一天天復活，丈夫卻逐漸消瘦，兩人的誓言無法成就。

……

全書故事，包括多數人熟悉的〈雪女〉與〈無耳芳一〉，以及阿貞的故事、乳母櫻、策略、鏡與鐘、食人鬼、貉、轆轤首、被埋葬的祕密、青柳的故事、十六櫻、安藝之介的夢、力傻子、向日葵、蓬萊等。

中文版《怪談》

中文版本：

- 《小泉八雲怪談》，王憶雲/譯，二〇一五年六月，聯合文學出版公司出版。

日文版《怪談》

延伸閱讀：

- 《日本神妖博物誌》，多田克己/著，歐凱寧/譯，二〇〇九年七月，商周出版公司出版。本書搜羅古日本至明治時代上千種妖怪全貌，包括：陰陽家安倍晴明座下魑魅原形、怪談鼻祖小泉八雲筆下神妖原態，堪稱日本妖怪博物入門。
- 《遠野物語．拾遺》，柳田國男/著，徐雪蓉/譯，二〇一四年八月，聯合文學出版公司出版。本書為流傳岩手縣遠野鄉的民間傳說故事集，所有知名妖怪事典一網打盡，是日本民俗學與幻想文學的不朽經典。

經典名句

- 公子王孫逐後塵／綠珠垂淚滴羅巾／侯門一入深如海／從此蕭郎是路人。
- 曙光隱隱映吾袖，許是情郎遺金輝。
- 這雲遊僧不在房裡！不見蹤影！更糟的是，主子你的身體不知道被他搬到哪去了！

11

像牡蠣一般把自己藏在殼裡

我是貓・夏目漱石

原來人哪，對於自己的能量過於自信，無不妄自尊大。

作者・夏目漱石

一八六八年出生東京都新宿區喜久井町的夏目漱石，本名夏目金之助。一歲時，夏目被送去塩原家當養子，一八七四年，進入淺草壽町的戶田學校就讀；一八七六年，才從養父母家返回原生家庭。十四歲開始研讀中國古籍，立志研習漢文。

二十三歲，夏目進入東京帝國大學英文系，就學期間，受好友俳句名人正岡子規等人的影響開始寫作；他用漢文寫作的暑假遊記《木屑錄》不僅是最早彙集成冊的作品，還署名「漱石頑夫」。漱石二字來自唐代《晉書》的故事「漱石枕流」，一開始是子規的筆名，被夏目借用，最終成為他正式的筆名「夏目漱石」。

一八九五年，夏目在四國愛媛縣松山中學任教，第二年轉任九州熊本高中；教書經歷後來出現在小說《少爺》中。一八九六年，夏目在家人安排下，跟貴族院書記官長中根重一的長女鏡子結婚，期間，夏目在俳句界聲名鵲起。

一八九九年十月，三十三歲的夏目被日本政府遴選為第一批留學生之一，進行為期兩年的英語研究。返國後，進入東京帝大講授英文，開始文學創作。

一九〇五年的《我是貓》使他一舉成名。

一九〇七年，夏目進入《朝日新聞》工作，《文藝的哲學基礎》開始連載，後由大倉書店出版《文學論》。期間，夏目漱石最大成就是發表長篇小說《虞美人草》。

《虞美人草》的出版與暢銷，奠定夏目漱石在《朝日新聞》崇高的地位。

暮年的夏目漱石追求「則天去私」的理想，一九一一年，拒絕接受政府授予的榮譽博士稱號。一九一六年，因胃潰瘍去世，家屬同意將他的腦和胃捐贈東京帝大醫學部研究。他的腦至今仍完好保存在東京大學。一九八四年，他的人像選印在日幣一千元紙鈔上。

夏目漱石是日本近代文學史上享有崇高地位的文學家，人稱「國民大作家」，他的門下出了不少文人，芥川龍之介榮膺其中。

一生著作豐碩，每一本書都具有特殊代表性：《我是貓》、《少爺》、《草枕》、《虞美人草》、《三四郎》、《從此以後》、《門》、《道草》、《彼岸過後》、《文鳥》、《二百十日》、《夢十夜》等。

關於《我是貓》

一九〇五年出版的《我是貓》，作者藉由一隻善於思索、樂於議論又富正義，被擬人化的貓，扮演敘述者與評論者的角色，透過貓眼，俯視二十世紀初，現代文明浪潮所帶來的種種怪異現象，更以冷峻的頭腦和犀利的幽默筆觸，揭露資本主義社會的醜陋現實，嘲諷資本主義制度下，人與人之間的虛偽關係；並以妙語警句，極盡嬉笑怒罵之能事，暢所欲言的傾吐鬱積已久的不滿

▲ 早稻田大學「漱石名作の舞台碑」

文學地景：

東京：早稻田大學與漱石公園/漱石山房。

熊本市：夏目漱石故居。

▲ 早稻田漱石公園的夏目漱石雕像

▲ 早稻田漱石公園的貓塚

和怨懟，繼而昂揚精神，從充滿愁雲慘霧的反思中燃起新希望。

《我是貓》的主角叫珍野苦沙彌，是個窮教師，被「非知識分子」認為是個「像牡蠣一般把自己藏在殼裡」，只知從書本中討生活，一有機會便高談闊論知識可貴。全書以直敘法表現主角甘於寂寞的自負心情，並不時使用旁敲側擊方式，揭穿知識分子因清貧而遭致社會輕蔑的可悲現實；尤其，作者透過苦沙彌與暴發戶金田之間的矛盾與衝突，暴露明治時代的社會黑暗面，甚至「金錢萬能」的炎涼世態。

書中敘述，奉金田之命去窺伺動靜的拜金主義者鈴木，在與不諳世事而經常直言不諱的苦沙彌的一段對話中，公然宣稱：「沒有和錢一起去殉死的決心是

中文版《我是貓》

中文版《我是貓》

中文版本：
- 《我是貓》，劉振瀛／譯，二○○一年八月，志文出版社出版。
- 《我是貓》，劉子倩／譯，二○一五年五月，大牌出版社出版。

日文版《我是貓》

幹不了經商這一行的，要賺錢，就非得缺義理、缺人情、缺廉恥不可。」小說犀利諷刺了市儈生存學的醜惡本質。

另則，某一天，苦沙彌飼養的貓偷聽到金田與鈴木在街角的一段對話，更是耐人尋味。金田見苦沙彌是個不向金錢低頭的頑固之徒，心裡感到不悅，惡狠狠臭罵他是個頑固透頂的東西，還揚言懲治他，讓他嘗嘗實業家的厲害；鈴木在旁隨聲附和，譏笑苦沙彌「太傲氣」、「太不識相」，「根本不懂得盤算自己是否會吃虧」，是個缺乏利害觀念，使人難以面對和處理的笨傢伙。

評倫家認為這部小說在藝術表現上，有兩個顯而易見的特點：其一，作者藉貓眼觀察世界，牠在主人家生活了兩年，小說描述詼諧有趣的部分，都是這隻貓的所見所聞。其二，這部小說沒有一般通俗小說的故事情節。夏目漱石說：「這部作品既無情節，也無結構，像海參一樣無頭無尾。」

夏目漱石透過貓眼寫下「人未必是何等了不起的創造」的作品，然而，時當日本文壇充斥小市民日常生活、男女愛戀和人情糾葛的題材，似乎再也沒別的事物可作為寫作材料時，《我是貓》的出現，以及夏目漱石採用新穎形式，敢於內省自私自利的人類社會，辛辣的嘲笑，形成新式創作，自然吸引萬千讀者的青睞。事實上，這種以冷峻之心諷刺社會與人性的小說，不僅在當時，就算現在，就算是整個日本近代文學史，也是不可多得的佳構。

延伸閱讀：

- 《心》，夏目漱石/著，陳苑瑜/譯，二〇一〇年五月，立村文化公司出版。本書直指人心陰暗面，映照最真實面貌，把人性最卑鄙的利己心刻劃入骨，是一部孤獨且沒有絲毫救贖的作品。
- 《三四郎》，夏目漱石/著，李孟紅/譯，二〇一〇年十二月，立村文化公司出版。本書描寫一位鄉下青年小川三四郎到東京求學，受到現代生活與現代女性的衝擊，不知所措的窘境，冷酷的現實社會，讓三四郎上了人生重要的一課。

經典名句

- 世人褒貶，因時因地而不同，像我的眼珠一樣變化多端。
- 只要抓住兩頭，對同一事物翻手為雲，覆手為雨，這是人類通權達變的拿手好戲。
- 在臨危之際，平時做不到的事這時也能做到，此謂「天佑」也。

12 日本文學名著百年榜首

少爺・夏目漱石

仔細想想世上大部分人，好像都在獎勵為非作歹，好像都相信不學壞就不會在社會上功成名就。

作者・夏目漱石

關於《少爺》

一九〇六年三月出版，夏目漱石的中篇小說《少爺》（日文書名：坊っちゃん，中文又有譯成《哥兒》），敘述個性憨厚、單純，富於正義感的江戶青年「哥兒」，用雙親留下的遺產讀完物理學校，在校長引薦下，前往四國愛媛縣松山市一所初級中學擔任數學教師。

到任之後，發現自己竟然來到一所不好惹的學校；綽號「果子狸」的校長、喜歡穿「紅襯衫」的教務長、教務長的跟班美術老師「小丑」、宛如「晚生南

▲ 四國松山市道後溫泉車站前的觀光少爺列車

文學地景：

松山市：道後溫泉車站/少爺列車/少爺鐘/少爺丸子/松山道後溫泉/松山中學校/愚陀佛庵/被叫「透納島」的四十四島/九州太宰府天滿宮。

▲「哥兒」常到道後溫泉泡湯

▲ 松山市道後溫泉附近的「少爺時鐘」，紀念《少爺》。

瓜」的英語老師、「豪豬」數學老師，這些人虎視眈眈的在學期到來時，以「黑暗現象」的行動，恭候來自江戶的「哥兒」前來報到；「哥兒」這個渾名即是這群老師為他取的。老師中，就屬大光頭的「豪豬」跟他比較投緣。

小說描述哥兒在這間充滿「當權者及其追隨者醜惡嘴臉」的學校，四處碰壁、飽受委屈的遭遇。例如，哥兒值班時，學生躡手躡腳潛伏進入，拿蚱蜢扔進蚊帳，然後拔腿就跑的怪異行為等。小說語言機智幽默，描寫手法誇張滑稽，人物個性鮮明突出，主角哥兒的率直、純樸和莽撞，在在反映庶民的俠義心。

哥兒的生活信念是：「為人要是不像竹竿那樣挺得筆直，是靠不住的。」作者以「我」為第一人稱寫成本書，更加平易近人，屬於清爽、明朗、健康的作品。哥兒被塑造成一個「行動正義派」的江戶男兒，具同情心；所以，當有朝一日成為鄉下教師後，強烈感受到自己的率直與豪爽，在現實社會根本行不通。加上作者渲染：教師之間的權謀、因循苟且和盲從、學生的膚淺和無恥、鄉下人的無知與狡猾等，都在書裡以類型化、諷刺性的方式，生動的彰顯出來。

哥兒喜歡痛快淋漓的斥責「壞人」，他憎惡教務長「紅襯衫」和美術教師「小丑」暗中搞陰謀詭計，根本是「敗類」。不過，由於為人單純，欠缺人生歷練，容易在別人設下的圈套分不清是非曲直，更無法辨明誰是好人誰是壞人？故而時常受騙上當。

如果說，夏目漱石的《我是貓》是揭露明治時期的社會百態，那麼，《少爺》則是專事揭露學校教育問題。

校長「果子狸」是個偽善者，他以模範教育家自居，偽裝出「倘若教育活了起來，穿上了禮服，應該就是我。」的神聖模樣。哥兒初到學校就任，他便提出老師要做學生的模範，非成為全校的表率不可，學問以外若不以身作則、以德化人，就不能扮演好教育者等一些虛假又好笑的要求，致使憨直的哥兒一時不明所以，很想立刻辭職逃開。

小說的結局，哥兒和「豪豬」兩人「替天行道」，抓住「紅襯衫」和「小丑」嫖妓的實證，狠狠痛揍了兩個壞蛋，並在氣勢上壓倒對方，迫使對方連報告員警的勇氣也沒有。然而，他們的勝利也只是暫時的，因為「紅襯衫」和「小丑」雖遭痛毆，卻仍高踞地盤，哥兒和「豪豬」固然出了一口悶氣，終究不得不退出這塊是非地。「豪豬」先是被迫提出辭呈，哥兒也在事後「主動」辭職，離開松山回到東京，在街道電車擔任技師，跟阿清婆婆過著清苦日子。

《少爺》充分傾吐對教育界的感受，自始至終都是認真的，就因為過於認真，致使整本書顯得滑稽、好讀好看起來。

截至今日，這本書在日本依然暢銷熱賣，名列「日本文學百年名選榜首的著作」，臺灣中文譯本一樣長銷，不少讀者對夏目漱石的印象大都來自這本讓人拍案叫絕的書，以及那個被戲稱「哥兒」的江戶男兒。

中文版《少爺》

中文版《少爺》

中文版《少爺》

中文版本：

- 《少爺》（哥兒），陳德文／譯，二〇〇一年四月，志文出版社出版。
- 《少爺》，吳季倫／譯，二〇一五年五月，野人文化出版。
- 《少爺》，劉振瀛／譯，二〇一五年五月，自由之丘文創事業出版。

經典名句

- 社會上大部分人似乎獎勵幹壞事，像是認為人們若不變壞，便無以在世上建功立業。
- 人最重要的是誠實、率直和純樸。
- 若問人生的定義是什麼，無他，只要說「妄自捏造不必要的麻煩來折磨自己」，也就足夠了。
- 如果髒了還用，不如一開始就用帶顏色的。白的就要純白才行。

日文版《少爺》

延伸閱讀：

- 《門》，夏目漱石／著，吳樹文／譯，二〇〇一年四月，志文出版社出版。本書描寫年輕人為追求自由真摯的愛情，卻不為社會所容而產生的悲劇，也是知識分子追求個人幸福又無法擺脫道德羈絆的寫照。
- 《後來的事》，夏目漱石／著，吳樹文／譯，二〇〇一年四月，志文出版社出版。本書描述主角代助在雨中、在百合花香中、在重現的昔日情景中，找到純真無邪與和平的生命。

13

沉溺在感情深淵中

虞美人草・夏目漱石

自己的世界與別人的世界交叉時，有時兩個世界會同時崩潰甚至綻裂。

作者・夏目漱石

關於《虞美人草》

一九〇八年出版的《虞美人草》，講述一段發生在四個家族之間，同父異母的兄妹的畸戀，也即甲野和藤尾兄妹、親戚宗近和系子兄妹、小野、小野的恩師孤堂先生和女兒小夜子。

二十世紀初，日本正從封建體制轉向資本主義，人們對西洋文化極盡崇拜，青年男女疾呼思想解放，尤其上流階層偏愛以西方文化為地位象徵，於是促成一批思想前衛、行事獨特的年輕人。

故事描述外貌美麗、心地高傲的外交官女兒藤尾，是個以自我為中心的新時代女性，自小接觸西方教育，學識出眾、談吐優雅。父親死後四個多月，與母親合謀，千方百計要將同父異母的哥哥甲野逐出家門，以便獨吞家產。甲野看穿藤尾和繼母的心意，厭惡這種勾心鬥角的行為，遂將全部家產讓給妹妹，隻身出走。

藤尾像日本古畫中嫋嫋婷婷的美人，看似氣質如蘭的她，內心深處卻澎湃一股可怕而熾烈的情感，放任自己沉溺在感情深淵中。

藤尾只懂得擁抱自己的愛，從未想過為別人而愛；只想戲弄男人，絕不願被男人操弄。她拋棄長期以來一心一意接近她的宗近，覺得宗近既不易駕馭，又沒才幹，不是她心中理想的對象，相對以濃豔的裝扮迷惑有才華的小野。

另一方面，小野既迷戀藤尾如花的美貌，又覬覦她豐厚的家產，忽醉忽癡，整個人六神無主，無視多年以來，費盡心血栽培他的老師孤堂先生的女兒小夜子對他純真的愛慕，殘酷絕情的拒絕相約已有五年的親事，不顧毀譽，執意要跟藤尾結合。

▲ 主角到比叡山上遠眺琵琶湖，圖為比叡山延曆寺東塔。

文學地景：
京都：比叡山／嵐山保津川下り。

▲ 聞名的保津峽車站

▲ 主角曾到壯闊的保津川峽谷遊玩

中文版《虞美人草》

中文版本：

- 《虞美人草》，茂呂美耶/譯，二〇一二年四月，麥田出版公司出版。

日文版《虞美人草》

好友宗近出於一片誠心，嚴厲指出小野所提跟小夜子沒正式婚約，純屬無稽之言，他明示小野認清藤尾玩弄愛情的真相；果然，小野不久後醒悟，斷絕跟藤尾的關係，和小夜子重修舊好；藤尾老羞成怒，玩火自焚，最後落入絕命身亡的悲慘結局。

這種如佛洛伊德所謂的「伊萊克特拉情結」（戀父情結）情緒，不應任其發展，它看來是如此不具道德性，就像豔麗卻脆弱的虞美人草，使人在譴責中深感遺憾。為什麼藤尾要任由這種充滿危險的感情像巨浪般吞噬自己，好比得知真相後，她的內心如烈火焚燒，這時，虛榮與驕傲的畸戀形同毒藥，令她中毒身亡。

《虞美人草》的文體深具特色，屬於「俳句連綴式」寫作。小說充滿發人深省的警句，巧妙貼切的譬喻、生動感人的抒情，俯拾皆得，隨處閃現夏目的才氣。絢爛的文采，映襯戲劇性的故事情節、對照鮮明的人物性格，實為夏目文學才華的高境界。

《虞美人草》是夏目漱石進入《朝日新聞》後的第一部連載小說，發表後不久，立即引起廣大迴響，奠定他在《朝日新聞》崇高的地位。

據稱，《虞美人草》是在一九〇六年十二月二十七日，夏目遷居本鄉西片町時所寫，他在那裡住了一段時間的屋主是個貪心的人，眼見夏目漱石在民間的聲望越來越高，不斷提高房租，從每個月二十七元漲到三十元，隨後又漲到三十五元。夏目憤慨難耐，便在脫稿寫完《虞美人草》的一九〇七年九月二十九日，舉家搬遷到早稻田南町的「漱石山房」。

經典名句

- 因為我深知悲劇的偉大，才想讓她們體會悲劇的偉大力量，讓她們徹底洗滌橫跨三代的罪孽。
- 我並非因恐懼而束手或閉目，只是私下認為大自然的偉大制裁比人的手眼更親切，能讓人在眨眼間看清自己的真面目。
- 愛情建立在自以為具有被愛資格的自信上。
- 所謂討人喜歡，是一種能擊敗強大對手的柔軟武器。

延伸閱讀：

- 《跟著夏目漱石去旅行》，陳銘磻／著，二〇一三年十月，大塊文化公司出版。本書依循夏目漱石的生平與著作，展開文學旅行。走訪《哥兒》、《三四郎》、《我是貓》、《虞美人草》、《夢十夜》、《草枕》和《二百十日》等文學景地。
- 《彼岸過迄》，夏目漱石／著，林皎碧／譯，二〇一五年七月，蔚藍文化公司出版。本書是夏目漱石以「修善寺大病」為界，重新展開寫作生涯的作品，描述知識分子須永自我意識的苦惱。
- 《一本讀懂夏目漱石：老師原來是個重度浪漫主義者呢！》，新潮文庫／編，黃瑤／譯，二〇一五年八月，野人文化公司出版。本書帶領讀者循序漸進，深入剖析文豪的作品與人格；並從經典作品的演變，全覽作家文學風格與心境轉折。

14

日本生活派詩人

一握之砂・石川啄木

一生中不會再回來的是生命的一秒，我珍惜那一秒。不想讓它逃走。

作者・石川啄木

一八八六年二月出生岩手縣的石川啄木，明治詩人、小說家與評論家，本名石川一，別號白蘋、林中人；出身貧苦家庭，少年時代背井離鄉，過著顛沛流離的生活；曾任小學教師、新聞記者、報社校閱。創作初期的短歌內涵，帶有濃烈浪漫主義色彩；後來寫作小說，改浪漫主義行自然主義。一九一一年，因不滿明治政府迫害思潮前進的人士，遂意傾向批判現實主義。惜於一九一二年因肺結核病逝，享年僅二十六歲。

石川啄木自喻，和歌是他「悲傷的玩具」。後半生面臨婆媳不和、妻子離

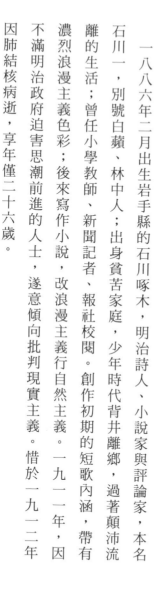

家、幼子夭折、社會言論不自由、文學事業不得志、四處借錢度日的困境，使他產生極大苦悶。面對苦難生命，亦曾有過尋死念頭與放浪逃避的心態，終為受到文學意識與創作熱情影響，堅信理想，在熟悉的和歌志業尋找藝術價值。

石川啄木短暫一生的文學創作，有短歌集：《憧憬》、《叫子與口哨》、《可悲的玩具》和《一握之砂》；小說集：《病院的床》和《鳥影》；對自然主義提出批判的評論集：《時代閉塞之現狀》。他對日本文壇最大的貢獻，是進行革新古典詩歌，打破短歌一行詩的陳規，獨創取材自日常生活、淺顯易懂、琅琅上口，散文式三行短歌的寫作形式；由於詩風優美、自由，博得「國民詩人」、「生活派詩人」的稱號。

中文版《一握之砂》

中文版本：

- 《一握之砂》，林水福/譯，二〇一四年十月，有鹿文化公司出版。

日文版《一握之砂》

延伸閱讀：

- 《石川啄木詩歌研究への射程》，林水福、太田登/編，二〇一四年十月，臺灣大學出版。本書從石川啄木短暫的一生，多方考究他對日本近代詩歌史的影響。

關於《一握之砂》

一九一〇年出版的《一握之砂》，是石川啄木的短歌作品集，收錄了〈一握之砂〉、遺作〈悲傷的玩具〉共七四五首短歌。這些短歌忠實而樸素的記錄他一生思想與生活片段中漣漪、一剎那間的感受，從而得見他被生活壓迫的苦楚，以及隱藏在烏雲背後，微微透出的執拗信念之光，在在輝映於激動心懷的波濤上。

這本書是石川啄木突破短歌形式，膾炙人口、傳誦不止的唯一創作。全書包括〈一握之砂〉短歌五五一首，一九〇八到一九一〇年之作，編為〈愛我之歌〉、〈煙〉、〈秋風送爽時〉、〈難忘的人〉、〈脫下手套時〉五部分，是石川啄木重要的抒情詩作，寫出生活回憶、懷念故鄉、少年往事，以及生命晚期受肺病與家庭困苦的磨難，是作者詩歌藝術的縮影。第二部分〈悲傷的玩具〉短歌一九四首，一九一〇年十一月末到二十六歲死前之作，充滿苦悶思想與堅信理想的藝術價值。

▲ 婚約時代的啄木與妻子節子

▲ 位於岩手縣盛岡市的石川啄木紀念館

經典名句

- 想要愉快的／稱讚別人一番／寂寞啊／對於利己心感到厭倦了。
- 把發熱的臉頰／埋在柔軟的積雪裡一般／想那麼戀愛一下看看。

15 善惡無定論

羅生門・芥川龍之介

大家都想求生存不是嗎？

作者・芥川龍之介

一八九二年出生東京市京橋區入船町的芥川龍之介，父親新原敏三在入船町八丁目以販賣牛奶營生。芥川出生八個月後，患有精神病的母親突發狂，無力照料嬰孩，便將他送往娘家撫育，後來又過繼給母舅當養子，改姓芥川。

芥川家族充滿濃厚的江戶文人氣息，喜好文學戲劇，龍之介受到環境薰陶，擁有厚實的文藝底蘊。六歲時送到江東尋常小學就讀，一九一三年應試進入東京帝國大學，學習英國文學，期間開始寫作，處女作〈老年〉發表在菊池寬等人創辦的《新思潮》月刊。一九一四年在「帝國文學」發表短篇小說〈羅生

▲ 原名羅城門的羅生門是平安京時代最大城門

文學地景：

京都：羅城門跡/朱雀門跡/大極殿跡/奈良平城宮跡朱雀門/朱雀大路/東寺/西寺跡。

▲ 羅城門跡旁的「矢取地藏」庵

▲ 《羅生門》的地景，羅城門舊址。

門〉，並未受到重視。

一九一六年芥川從東大畢業，論文〈威廉・莫理斯研究〉成績列同屆二十人第二名，通過教授英文資格；後來到報社擔任編輯維生。隨後，在《新思潮》發表短篇小說《鼻子》，夏目漱石讀後讚賞不已，對他頗多鼓勵，不久，芥川成為夏目漱石少數入門弟子之一。寫作小說同時，他也創作俳句。一九一八年發表《地獄變》，講述平安時期一段殘酷情事，透過畫師良秀，以及畫師的女兒的遭遇，反映純粹的藝術，以及無辜人民受到邪惡統治者無情跋扈的摧殘。

一九二一年，芥川龍之介以大阪每日新聞記者身分，前往中國訪問四個月，這次的任務艱鉅、繁重。在任務壓力和己身壓抑雙重壓迫下，身染多種疾病；自此，後半生為胃腸病、痔瘡、神經衰弱、失眠症所苦。返回日本後的一九二二年，發表《藪の中》。《藪の中》與Ambrose Bierce的《月光小路》結構類似，都是在為某一案件的調查中，採集多方證詞與說法，不同的是《月光小路》最後澄清事實，而《藪の中》呈現的證詞既重合又相互矛盾，大都自圓其說，瀰漫著壓抑、徬徨和不定向的氣氛。這種反差極大的作品，反映了芥川龍之介迷茫的思想開始渙散起來，後來只得躲到湯河原的中西屋靜養。

由於神經衰弱的病情逐漸惡化，芥川龍之介經常出現莫名幻覺，加上當時社會形式右傾，沒有絕對言論自由，迫使寫作受到壓抑，《河童》的出現，便是思想受到壓抑下的傑作。

一九二七年，持續隨想集《侏儒的話》的創作，作品短小精悍，每段只一兩句話，卻意味深長。同年七月二十四日因「恍惚的不安」服用大量安眠藥自殺身亡，遺骨葬於東京染井慈眼寺，時年三十五歲。

芥川龍之介一生短暫，每一篇作品都貫穿人世孤獨和人生寂寞；去世後，作品受到世人青睞，大放異彩，包括：《老年》、《羅生門》、《竹藪中》、《鼻子》、《芋粥》、《地獄變》、《南京的基督》、《軌道列車》、《河童》、《齒輪》、《阿呆的一生》、《西方的人》等。

關於《羅生門》

《羅生門》是芥川龍之介最受世人矚目的短篇小說，題材選自十二世紀初，平安時代末期的民間故事，舊稱《宇治大納言物語》的《今昔物語集》卷二十九〈羅城門登上層見死人盜人語第十八〉部分情節，加諸作者超絕的豐富想像，將歷史故事寓意寫成，發表於一九一五年十一月號的《帝國文學》，屬於探討亂世中貪婪人性的經典之作。

「羅生門」原意是「京城門」，日文漢字中，係中文「羅城門」誤寫，日本語「生」與「城」同音，江戶時代，人們將「城」訛成「生」，寫成「羅生門」。舊址在京都朱雀大路南端的羅城門，指的是七世紀日本皇都所在地平城京與平安京的城樓，由於皇室衰頹，天災內亂頻仍，羅城門年久失修，徒然成為一座凋落衰敗的破墟城樓。

中文版《羅生門》

中文版《羅生門》

中文版《羅生門》

中文版本：

- 《羅生門》，金溟若/譯，一九六九年八月，志文出版社出版。
- 《羅生門》，林皎碧/譯，二〇一五年十二月，大牌出版社出版。
- 《羅生門》，黃瀞瑤/譯，二〇一六年十二月，野人文化出版。

這座城樓正是芥川寫作《羅生門》小說的背景地。古本《今昔物語集》寫的是，平安時代末期，一個被主公解僱，淪為賤民的家將，傍晚時分爬上羅城門，看見一位老太婆正在拔取城樓上一具無名屍的長髮，準備編織成假髮變賣換錢。

芥川將故事改寫成這個賤民出面抓住老太婆，質問她褻瀆屍體的行為。老太婆辯稱這個死人生前曾把蛇肉假裝成魚肉，賣人維生，並認為「自己也是為了求生存才拔取死人頭髮」。這位饑腸轆轆的賤民聽到這段話，心中轉念，「大家都想求生存，不是嗎？」瞬間變成強盜，打昏老太婆，剝去她身上可以變賣的衣物，趁天黑逃離現場。

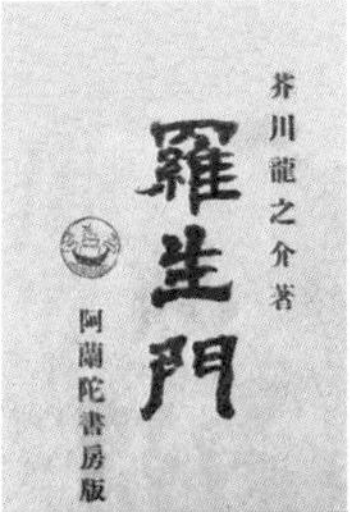

日文版《羅生門》

延伸閱讀：

- 《芥川語錄》，芥川龍之介／著，楊夢周／譯，二〇〇五年五月，聯經出版公司出版。本書收錄芥川對哲學、藝術、思潮流變、人生存在與虛無、中國之行等所思所感，共九輯，是芥川探討人生答案的最後遺書。
- 《跟著芥川龍之介訪羅生門》，陳銘磻／著，二〇一五年三月，聯合文學出版公司出版。本書透過導讀芥川龍之介的重要作品，解讀大師的人生經歷，探訪《羅生門》、《河童》、《竹藪中》、《地獄變》、《橘子》、《鼻子》等名作的經典場景，深入理解芥川的人生觀與藝術思維。

《羅生門》全篇小說以羅城門為場景，描寫充滿私欲人性、為求生存、利己主義的醜陋人間，卻又無法也無能擺脫強與弱的現實與殘酷世界；作者為文探究生活在困阨時局中人，陷溺生存與倫常，眷眷無窮的糾葛，為求活命不得不悖逆常道，惡癖盡現。全文簡短，文字生動，行文明快簡潔，寓意深長，成為芥川文學風格的代表作。

經典名句

- 這是一個人不如狗的世界，誰要不自顧就活不成。
- 我們掩耳盜鈴的作法並不局限於戀愛，除去某些差異，基本上我們都是在欲望的驅使下對種種事實真相進行篡改。
- 我們必須在跟人生的抗爭中學習對付人生。如果有人對這種荒誕的比賽憤憤不平，最好盡快退出場去。

東京散策記・永井荷風

無論天候如何晴朗，若無木屐和蝙蝠傘，心就難安。

作者・永井荷風

一八七九年十二月三日出生東京市文京區春日二丁目，本名永井壯吉，號金阜山人、斷腸亭主人的永井荷風，少時承受喜愛歌舞伎的母親影響，進入岩溪裳川門下學習漢詩，師從荒木古童學習尺八，是明治時代的小說家、畫家、戲劇家。

十八歲，永井荷風隨父親到上海體驗中國文化，返國後發表隨筆〈上海紀行〉，被視為個人處女作。因深受十九世紀法國自然主義作家左拉影響，寫作風格側重實錄生活信念，一九〇二年發表《野心》、《地獄之花》等充滿自然

▲ 永井荷風散步到東京隅田川

文學地景：

東京：隅田川/淺草寺/寬永寺/上野公園/安藤坡/御茶之水/九段坡/有樂町/銀座。

▲ 東京淺草區淺草神社

▲ 東京淺草觀音寺五重塔

主義思潮的小說。一九〇四年留學美國，繼承父志從事銀行業。

自少年起，荷風即崇拜唯美主義，藉此抒發思古幽情的文字，表達對現實不滿；用描寫風俗和豔情，抵制世風日下的殘酷人性。然而，他的唯美主義從創作伊始，便夾雜不少自然主義色彩，作品《地獄之花》、《斷腸亭日記》、《法蘭西物語》等出版後，讓他和谷崎潤一郎、佐藤春夫名列日本唯美主義三代表。

荷風十分欣賞谷崎潤一郎的文學，執意把他當成自己的文學繼承者。然，谷崎潤一郎非但沒繼承荷風對文明批判的精神，始終堅持追求女性美至高無上的態度，相對沉溺在男性對於女性美性無能的執拗。不過，世人仍認定谷崎潤一郎即是永井荷風的私淑弟子。

這是被谷崎潤一郎形容為「荷風散人」的七絕之作。

卜宅麻溪七值秋／霜餘老樹擁西樓／笑吾十日間中課／掃葉曝書還曬裘

他甚至透過小說《瘋癲老人日記》的情節，表達對永井荷風字畫的意見：

荷風的字和漢詩並不算很好，但他的小說是我最喜愛的之一。這幅字畫是從一個畫商那兒買來的，聽說有一個人模仿荷風的字亂真不可辨，所以這幅字畫真假莫辨。戰前，荷風一直住在離這裡不遠的市兵衛町一幢木頭房子，號稱偏奇館，所以才有「卜宅麻溪七值秋」一句。

永井荷風重要作品大都以江戶情調描寫東京的花街柳巷，如《濹東綺譚》，被喻為「孤獨的漫遊者」，一九五九年四月三十日因胃潰瘍吐血，窒息死亡，得年八十。代表作《狐》、《梅雨前後》、《斷腸亭日記》、《日和下駄》（東京散策記）等。

關於《日和下駄》東京散策記

一九一〇年，永井荷風在文學家森鷗外與上田敏推薦下，受聘慶應義塾大學文學科任教，講授法國文學，休閒期間，偏愛到東京市街散步，獨身一人，足履木屐、手持蝙蝠傘、黑提包，走後街，穿斜巷，行遍繁華下町、隅田川、淺草等，眺望生活風景，遊蕩喧嘩的日光街道，冷眼旁觀眾生相，並對當代東京的街道景觀、風情文物、生活態度，不斷模仿西方都市，感到深惡痛絕，形容那是「空洞的西洋式偽文明」。

《荷風的東京散策記》共十一篇，從大正三年夏，陸續在《三田文學》月刊發表，次年冬印成單行本。全書分日和木屐、淫祠、樹、地圖、寺院、水附渡船、小巷、閑地、懸崖、坂坡、夕陽附富士等篇。

「日和下駄」本是木屐一種，喻雲晴天屐，普通的木屐兩齒幅寬，全屐則僅用一塊木頭雕成，日和下駄的齒是用竹片另外嵌上去的，趾前有覆，便於踐踏地上泥水，所以雖稱晴天屐，實際乃為晴雨兩用屐。荷風說：「春天看花的時節，午前的晴天到了午後二、三時必定颳起風來，否則從傍晚就得下雨。梅雨期間可以不必說了，入伏以後更不能預料什麼時候有沒有驟雨會沛然下來。」

中文版《日和下駄》

中文版本：

- 〈荷風的東京散策〉《日和下駄》，林皎碧／譯，二〇一三年四月，大塊文化出版公司出版。

日文版《日和下駄》

延伸閱讀：

- 《法蘭西物語》，永井荷風／著，陸菁、向軒／譯，二〇一四年十二月，新雨出版公司出版。本書將隨筆、日記、小說冶為一爐，真實與虛構相互交雜，文字華美，道出法國的美好與殘酷，令人不忍釋卷。

所以穿了日和下駄，選擇一個人孤獨活著，到進巷衖，憑弔東京的名勝名景，再以一景一物，緬懷不復返的往昔歲月。

「荷風習習，屐聲叩叩」荷風在東京舊街道散步，成為美學的感悟紀行，以及追憶往昔歲月的感官憑藉。用他的話來形容：「僅是一種時刻想追求寂寞而禁止不了的情欲而已。」

經典名句

- 我一如既往，足履木屐、手持蝙蝠傘信步而行。
- 舉目青葉山，杜鵑聲中品鰹魚。
- 日本的大自然，到處都有強烈色彩。

17 一個沒有同情心的人不是人

山椒大夫・森鷗外

人人都是平等的，都有權利幸福。

作者・森鷗外

一八六二年出生島根縣津和野町，藩主侍醫家庭的森鷗外，本名森林太郎，號鷗外，別號觀潮樓主人、鷗外漁史。從小受到良好的國學、漢學和蘭學（荷蘭）教育。一八八二年自東京帝國大學醫學部畢業後，受命為陸軍軍醫副中尉，於東京陸軍醫院服務。行醫之餘，經常提筆寫作，是日本明治至大正年間的小說家、評論家、翻譯家、軍醫、官僚。日治時期曾派駐臺灣，研考腳氣病，卻因主張的病菌學說錯誤而掀起軒然大波的社會新聞。

森鷗外二十七歲結婚，翌年離婚。三十七歲因故遭降級，調職小倉。四十歲再婚，與文學地位齊名的夏目漱石緣分深厚，一八九〇年他住過一年多的房子，正是夏目漱石於一九〇三年到一九〇六年三年間寫作《我是貓》時居住的屋子。

一八八四年，森鷗外赴德留學，受到叔本華與惠特曼的美學思想影響至深，成為後來從事文學創作的理論依據；一八八八年返國後，歷任軍醫學校教官、校長、陸軍軍醫總監、陸軍省醫務局長等職。不久，將留學期間跟一名德國女子的悲戀故事，寫成處女作小說《舞姬》；《舞姬》一書甫出版，書中女主角艾莉絲便千里迢迢追到日本，但礙於專制官僚體制和封建道德的壓力，森鷗外避不見面，最後經由森家人勸導，艾莉絲傷心返國，差些釀成一場愛情悲劇。

森鷗外的作品偏重體驗當代倫理道德觀，反映明治時期上層知識分子思想上的矛盾。初期作品文筆優美、抒情濃郁；後期作品，特別是歷史小說，側重冷峻客觀的筆觸。

身為明治政府的高官、上層知識分子，森鷗外的思想，既有前衛的一面，也不乏因循局限。自稱是「留洋回來的保守派」，一方面以調和與妥協做為他處世原則，另一方面，西方的自由思想和民主精神，也深刻的影響著他，兩者觀點始終交迭穿梭在作品之中。

森鷗外晚年擔任帝室博物館館長、帝國美術院院長。著作：《舞姫》、《魔睡》、《阿部一族》、《大鹽平八郎》、《安井夫人》、《山椒大夫》、《高瀨舟》、《寒山拾得》等，其中，《泡沫記》和《信使》被認為是日本浪漫主義文學的先驅之作。一九二二年七月九日因病逝世。

關於《山椒大夫》

一九一五年出版的《山椒大夫》，敘述有個視民如己的官員，遭誣陷流放到荒涼僻地的筑紫。某天，妻子帶領兩個孩子和女僕人，動身前往筑紫探視，盼望局勢好轉，一家團聚。沒料到母子三人才上路不久，正苦於無處可棲身，又誤信陌生人的讒言佞語，讓人口販子抓走，一家人慘遭拆散，母親被載往不同方向，賣去當妓女，兒子廚子王與女兒安壽被賣到山椒大夫家當奴隸。山椒大夫家有三個小孩，大兒子離家出走，遠行他方，二兒子尚且有些人性，少有怪異行為，三兒子的脾性不好，常常虐待奴僕。

時間一天一天過去，困在山椒大夫家當奴僕，遭暴力粗魯對待的兩姊弟，受盡苦難，卻以高貴的情操、忍耐、大愛回應一切，默默思念父母，一心期盼有朝一日可以解放奴隸身分。某日，姊姊安壽精心計畫引開大夫家守衛，協助弟弟廚子王逃脫。

廚子王逃離山椒大夫家之後，幸運遇到父親當朝時的老友師實，意外獲悉父親早已去世的不幸消息，遂而接續父親官職。新官上任的廚子王，心思轉折，顧不得職權分際與法律疑義，直接頒布法令要求終結奴隸買賣，並親自前往山椒大夫家要求救出安壽並放走奴僕，未料安壽已然在協助弟弟逃離大夫家後，

《山椒大夫》電影海報

延伸閱讀：

・電影《山椒大夫》，一九五四年三月三十一日發行，大映製作，溝口健二監督，田中絹代、花柳喜章、香川京子、進藤英太郎等主演，榮獲第十七屆威尼斯電影節金獅獎與銀獅獎。

日文版《山椒大夫》

中文版本：

・《山椒大夫》，馮度／譯，一九九四年一〇月，星光出版社出版。

投水自盡身亡，廚子王傷心忍悲完成任務後，辭官尋找母親。

以當代人尚且不明白什麼是人的價值為主旨的《山椒大夫》，無論小說或電影，是不少中文系、日文系教授指定必修課程之一，咸認為《山椒大夫》一劇確實展現關懷、體現人的價值，誠如小說所述，遭流放他鄉異地的丟官父親，臨行前叮嚀孩子的話：「一個沒有同情心的人不是人。要對人大度，對己嚴苛。」

經典名句

- 人不知道何謂人的價值。
- 人人都是平等的，都有權利幸福。

高瀨舟・森鷗外

因為沒有教化，草民成了沒有惡意的殺人犯。

作者・森鷗外

關於《高瀨舟》

森鷗外的短篇小說《高瀨舟》於一九一六年一月發表於《中央公論》，取材自江戶時期的隨筆《翁草》一篇小故事〈流浪犯人的故事〉。描寫一名罪犯喜助，看著知恩院的櫻花在暮色鐘聲裡繽紛飄零的靜謐黃昏，於囚船上講述辛酸的過往經歷。

喜助敘述，父母雙亡，自小與弟弟相依為命住在一間破敗窩棚，兩人每天外出打工賺錢，兄弟相互扶持，形影不離；一天，弟弟罹病喪失勞動能力，僅靠喜助一人微薄的收入艱難度命，弟弟因不堪貧病折磨，為減輕兄長負擔，自刎未死，他在弟弟懇求下，協助結束生命，因而被判罪流放。他甚至認為，當一名囚犯比原來的際遇還要優渥，因而處之泰然，不以為意。

喜助對解差說道：「京都是個好地方，但就自己的境遇而言，京都是人間地獄。因為太貧困，居無定所，四處漂泊，拚命找活幹，收入極少，飲食不繼，日子苦不堪言。今朝被流放，對自己來說是一件天大好事，終於有了落腳地，從此再也不必到處流浪，有飯吃，還可以領到兩百文錢，這是出生迄今從未有過的幸福生活，所以由衷感到知足。」

解差聽完喜助的講述，不禁懷疑：「這能算殺人嗎？」心生慨嘆：「同情是一種愛，這種愛使人對他人的幸福感到快樂，對他人的不幸感到痛苦。」

從這個事件為起點，作者進而深入揭示封建幕府時期，社會底層人民的生活慘狀。《高瀨舟》被作者認為是「脫離歷史」的歷史小說寫作，但史實確實存在其間，便成為歷史現象的報導。故事背景地設定在古代行駛於京都高瀨川，解差押解囚犯到大阪，然後流放到遠方小島的「高瀨舟」為藍本。敘述囚舟經

▲ 高瀨川立碑

日文版《高瀨舟》

中文版本：

・《高瀨舟》，二〇一一年八月，寂天文化出版公司出版。

文學地景：

京都：高瀨川/高瀨川一之船入。

▲ 《高瀨舟》小說所指的高瀨川

▲ 「一之船入」的古木舟，裡面滿載酒樽。

高瀨川，越過加茂川往東漂行，被押解在船上的罪犯，得以跟親友通宵達旦傾訴往事或犯罪經過，引申出生活在社會底層的小人物悲苦生命的諸多面向。

森鷗外在文學創作後期，執意放棄反映社會現實題材的寫作，獨闢蹊徑傾心開創歷史小說創作先河。

《高瀨舟》便是其中彰顯歷史與現實的矛盾衝突，以及宣揚超逸脫俗思維的短篇之作。作者嘗試以悲劇美學，從文學敘事中，對主角遭遇的不幸、抗爭行為，以及潛在的精神超越等要素，呈現唯美的歷史悲劇氛圍。

經典名句

- 同情是一種愛，這種愛使人對他人的幸福感到快樂，對他人的不幸感到痛苦。
- 窮時急，餓時吵。
- 仰望夜空的庄兵衛，頭頂上彷彿放出了亮光。

地獄變・芥川龍之介

你得仔細觀看，看她的雪膚花容，在火中焦爛，滿頭青絲，化成一蓬火炬，在空中飛揚。

作者・芥川龍之介

關於《地獄變》

《地獄變》是芥川龍之介於一九一八年發表在《大阪日日新聞》的中篇小說；根據《今昔物語集》第二十八卷中的一則故事，以及《宇治拾遺物語》一段相似的故事〈繪佛師良秀〉，以現代語改寫而成。

小說講述平安時代，繪師良秀與一幅取名「地獄變」屏風繪圖有關的故事。渾名「猿秀」的繪師良秀雖則重視藝術，但不善想像，僅能畫些親眼所見之物，為精進畫藝，曾在路邊描繪屍體，或以毒蛇攻擊玩弄跟他學畫的弟子，作為素描材料。

除了作畫之外，他最擔心的事，莫過於進到堀川王爺的府邸擔任宮女的女兒，他想用畫作把女兒贖回，卻得不到堀川許可。堀川認為，與其把良秀的女兒放在頑父身邊，倒不如留她在府邸，讓她過著自由自在的生活。

一天，堀川王爺忽然叫來良秀，異想天開要他畫一幅「地獄變」屏風。這事可苦惱良秀。

良秀苦於畫不出一位貴婦在火燄地獄中痛苦的神情，請求堀川王爺提供「被點燃大火的蒲葵車裡坐著一位豔麗女人，還要貴族裝扮」的實景。堀川王爺順從良秀之意，還稱許良秀不愧是天下第一的畫師。

然而，直到王爺焚燒蒲葵車，為良秀「製造地獄」景象時，發覺蒲葵車內被鎖鏈綑綁的貴婦，竟是自己的女兒。

小說敘述良秀死心眼的為畫成「地獄變」屏風，不惜讓女兒在自己眼前活活燒死，這鐵石心腸遭世人非議；有人罵他只知道繪畫，連一點點父女情都沒有，真是個人面獸心的壞蛋。其中一位橫川方丈，就是發出這種議論的代表人

▲ 位於五条大橋與榎橋之間的河原院址，在小說中是「百鬼夜行」的所在。

▼ 為替良秀找尋繪畫「地獄變」屏風的靈感，主公在雪解殿火燒蒲葵車。

文學地景：

京都：京都御所／葵祭／下鴨神社／上賀茂神社／河原院跡／仁和寺／二条大宮／晴明神社。

▲ 「葵祭」裝飾葵葉與流蘇的蒲葵車，是京都三大祭之一。

物之一，說道：「不管技藝多高明，作為一個人，違反人倫五常，就該落入阿鼻地獄。」

一個月光景之後，「地獄變」屏風終告完成，良秀立即送到堀川府邸，請王爺鑑賞。恰巧橫川方丈在座，一看屏風上的圖畫，果然狂風烈火，漫天蓋地，不覺大吃一驚。屏風一角，畫著小小的十殿閻王和部屬形象，其餘便是一片驚人火海，火飛捲起，連刀山劍樹都燒融成熊熊火海。所以，除了冥司穿著中國式衣裳，點綴黃色、藍色小點，到處都是烈焰漫天的光景，那潑墨的黑煙和灑金粉的火花，簡直就像卍字，在紅燄中猛烈盤旋不已。

光是那筆法已夠教人怵目驚心，再加被烈火焚身，痛苦掙扎的靈魂，真是可

中文版《地獄變》

中文版本：

- 《地獄變》，鍾肇政／譯，一九九七年二月，志文出版社出版。
- 《地獄變》，銀色快手／譯，二〇一五年二月，大牌出版社出版。

日文版《地獄變》

延伸閱讀：

- 《羅生門・河童》，芥川龍之介／著，金溟若／譯，一九六九年八月，志文出版社出版。本書藉天才瘋子的談話，把空想與現實巧妙運用，富於機智與引人入勝的寫作技巧，顯示芥川才華。
- 《傻子的一生》，芥川龍之介／著，何黎莉／譯，二〇一二年八月，立村文化公司出版。本書是作者死後留下來的遺稿，雖非真實生活寫照的自傳體小說，卻是對自身靈魂的剖析。

怕，那種圖樣，在一般的地獄圖是無法得見。

從此，堀川府邸再也沒人議論良秀的壞話，凡見過這座屏風的人，即使如平時最嫌惡良秀的人，也受到他走火入魔的影響，強烈感受火焰地獄的大苦難。而當眾人還在為屏風繪畫的技藝高妙懾服的第二天晚上，良秀在自家屋裡懸梁自盡。

失去獨生女，良秀已無法安心獨活下去了，他的遺骸埋在家屋遺蹟底下，特別是那塊小小的墓碑，經過數十年風吹雨淋，已經長滿蒼苔，成為無法看出墓主名字的荒塚了。

「為了寫出不凡的作品，有時不得不把靈魂出賣給魔鬼。」芥川龍之介透過《地獄變》，以極端的悲劇意念，描述權力與藝術的對峙。

一九六九年，導演豐田四郎將《地獄變》改編搬上銀幕，由中村錦之助飾演堀川王爺，仲代達矢飾演畫師良秀，內藤洋子飾演女兒良香；劇情反映平凡老百姓遭受邪惡統治者的暴虐欺凌，由於王爺傾心良秀的女兒，意欲占為己有卻無法得逞，最後將她燒死。電影結局，導演讓良秀自戕後的冤魂，帶著怨恨去向堀川王爺索命，王爺的精神受刺激，終在「地獄變」屏風前跌入阿鼻地獄。

小說流露芥川「藝術至上」、「呈現人性」的創作意識，是他一貫的神經質，充滿對生命與人性疑惑的本能，一種未置可否的悲慘哲學。

經典名句

- 人生，比地獄還像地獄。
- 你得仔細觀看，看她的雪膚花容，在火中焦爛，滿頭青絲，化成一蓬火炬，在空中飛揚。

20 掩飾現實中自己的軟弱

竹藪中・芥川龍之介

軟弱何在，謊言就何在。

作者・芥川龍之介

關於《竹藪中》

《竹藪中》是芥川龍之介發表於一九二二年「新潮」月刊一月號的短篇小說，日文《藪の中》中文譯名有：竹藪中、藪之中、竹林中等，大多收錄在《羅生門》。「藪」字有二解：一為密生雜草的湖澤、沼澤；一為草野、鄉野。

《竹藪中》取材自《今昔物語集》卷二十九第二十三話〈具妻行丹波國男於大江山被縛語〉。講述一名被殺武士，身歿竹林，與死者相關的每個人，受

▲《竹藪中》故事發生在京都山科

文學地景：

京都：山科竹林/粟田口/清水寺/關山/若狹國。

▲多襄丸被騎乘的馬匹在三条粟田口的石橋上摔下來

▲粟田口青蓮院門跡

盤查時，對事件真相說法不一，使得情節錯綜迷離，懸疑不確定。

小說敘述，一名武士無端陳屍竹林，案件披露後，檢非違使（日本古代官名，律令制下的令外官之一，管轄京都的治安維持和民政。）召集七個相關人員訊問，作者藉由七個嫌疑犯的證詞，以告白形式表現；最早發現屍體的樵夫、路過的僧侶、老婦人、辦案官差、被捕的強盜、懺悔的妻子、借靈媒之口出現的武士亡靈等，每個人的說詞都有自己的立場與說法，各執一詞、相互矛盾，使案情陷入膠著，撲朔迷離，真相始終隱沒於京都山科竹林中。

最早發現屍體的樵夫說：「發現那具死屍的，確實是我。現場遺留物品是繩子與女用梳子，沒看見馬和刀。」

路過的僧侶說：「我是出家人，對這種事不大清楚。男人是……不不，那男人不但佩帶著刀，也攜著弓箭。我現在還記得，他那黑漆的箭筒裡，插上二十來枝戰箭。還有，凶案發生前一日，在路上遇到男子與乘坐在馬上的女子。」

辦案的官差說：「強盜多襄丸被捕時穿著死者的衣服、帶著死者的太刀和弓箭，騎著馬，沒看見女子。」

老婦人說：「死者是若狹國國府的武士金澤武弘，是我的女婿；同行女子是死者的妻子真砂。」

強盜多襄丸的自白：「殺人者正是我本人，我貪戀武士身邊女子的美貌，因而誘騙武士，將他綑綁，以便占有女子的身體。把武士的女人強暴後，我本沒打算殺害武士，直到後來，女子要求嫁給真正的強者，我就將武士鬆綁，光明正大決鬥二十三回合，武士遂而被殺。人是我殺的，請處我死罪。」

從清水寺來的女子的懺悔：「因為在丈夫面前被盜賊強暴，感到羞恥，所以用手中的小刀將丈夫殺掉，本想隨後自殺，卻又辦不到。」

附身靈媒的武士鬼魂的告白：「事情發生後，妻子對我的存在感到厭惡，慫恿強盜殺我。強盜因而憤怒，詢問我是否要殺了妻子，妻子察覺到危險就丟下我逃跑。竹林只剩我一人，我絕望至極而厭世，所以用妻子遺落的小刀自殺。」

武士的說辭，顯示他想保持士族形象，與其被殺，不如自戕才是武士精神；至於女人，她意在顯示貞操的形象，因不甘受姦淫之辱而把丈夫殺死後打算自殺，表現出被汙辱的只是肉體，靈魂仍是貞潔無瑕。強盜多襄丸則表現出武藝高超，強者的形象，武士不過是跟他在汰弱留強決鬥下的手下敗將。

小說中的每個角色，應訊時各說各話，各懷鬼胎，得不出真相。唯一能肯定的是，每個人都藉由說謊來展現理想中的自我，藉以掩飾軟弱的一面。

經由《竹藪中》，芥川提出了「軟弱何在，謊言就何在」的訊息。後來，黑澤明導演結合芥川龍之介的《竹藪中》與《羅生門》兩部小說為題材，改編成電影《羅生門》，這部電影榮獲一九五一年威尼斯電影節金獅獎、義大利電影

・改編自《竹藪中》和《羅生門》的電影《羅生門》，三船敏郎主演。

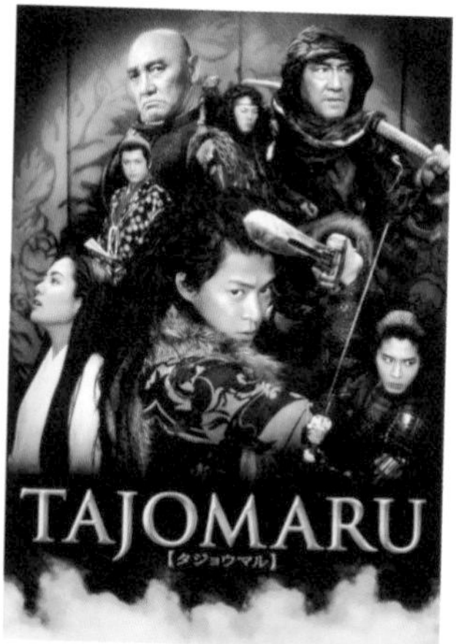

・小栗旬主演的現代版《羅生門》《TAJOMARU》（多襄丸）電影海報。本片改編自《竹藪中》，除了主角名字之外，劇情與黑澤明的經典名作《羅生門》不同。

評論獎、奧斯卡最佳外語片獎，列世界影史十大重要影片。從此，人們遭遇詭異不解，真相難測、莫辨未明的情事，便以「羅生門」形容。

日文版《竹藪中》

中文版本：

- 《竹藪中》收錄在《地獄變》，鍾肇政/譯，一九九七年二月，志文出版社出版。

日文版《竹藪中》

延伸閱讀：

- 《蜘蛛絲．舞會．秋》，芥川龍之介/著，吳樹文/譯，二〇〇五年一月，志文出版社出版。本書帶領讀者藉由一根上通天堂、下連地獄的蛛絲，揭示大盜犍陀多善良與自私，以及利己本性的滋長與毀滅，使人讀到截然不同的人性。
- 《一本讀懂芥川龍之介：天才廚師專愛短篇料理》，新潮文庫/著，黃　瑤/譯，二〇一五年十一月，野人文化公司出版。本書帶領讀者循序漸進，以文學大師經典作品的演變，全覽芥川龍之介小說風格與創作的心境轉折。

經典名句

- 我認識過一個說謊的人，她比誰都幸福，不過，因為謊話說得過分巧妙，即使說的是真話，也全被當作是一派胡言。
- 若是能不殺男人就能把女人搶過來，我是不會感到不滿的。

21

未及開始就結束的愛情

作者・川端康成

伊豆的舞孃・川端康成

她，就是那舞女。潔白的裸體，修長的雙腿，站在那裡宛如一株小梧桐。

一八九九年六月十一日出生大阪北區此花町，天滿宮對街矮房的川端康成，兩歲時，父親榮吉因肺結核病辭世，他跟隨母親遷居大阪西成郡豐里村黑田娘家生活；翌年，母親同樣罹患肺結核病逝，委由祖父母領養，寄居舅父黑田家，唯一的親姊姊則寄養姨母家。

幼年孱弱多病的川端，為了健康，少與外界接觸，生活封閉，造成他憂鬱、扭曲的性格。七歲到十歲四年間，祖母和姊姊相繼因病離開人世，他的精神遭受重創。一九一二年，他以第一名成績考進大阪府立茨木中學，開始接觸文學，博覽文藝雜誌，並嘗試提筆寫作。

他把志願設定在藝術與文學創作，這種崇高意願，後來成為靈魂血脈中不可叛離的宿命，這些難以擺脫的宿命維繫他文學心靈不斷成長；由於幼少年面對幻變的無常生命，使他原已表現不俗的抒情文筆，更能穿透生死離合，讓他因家境變遷導致的悲慘命運，衍生為早熟的憂傷靈魂，進而奠定和深化他樸素、清寂和淒美的文學內涵。

自幼生活孤寂的川端，雖則一再拒斥與現實社會接觸，卻又一邊在文字世界，編織屬於自己想像空間的能量，他閱讀《源氏物語》、《枕草子》這些平安時代留下的古典文學，深刻影響日後的創作。他闡明寧靜幽玄的寫作風格，以及東方世界特有的人文情愫，對後世日本新文學運動的發展帶來清新典範，評論家讚譽他是「新感覺派的文學家」。

十九歲，川端寫成膾炙人口的《伊豆的舞孃》，從此作品不斷，著名的《美麗與悲哀》、《山之音》、《雪國》、《千羽鶴》、《古都》等鉅著，不僅使他聲名大噪，多部小說相繼改編拍成電影，《伊豆的舞孃》先後六次搬上大銀

▲ 位於伊豆湯ヶ島的「湯本館」溫泉旅館，二樓有川端寫作小屋。

文學地景：

伊豆半島：下田港/伊東市/修善寺/獨鈷の湯/竹林小徑/湯ヶ島的伊豆近代文學博物館/湯ヶ島的湯本館/湯ヶ島的湯道/湯ヶ島西平橋/天城山/宗太郎杉並木道/河津七滝。

鎌倉長谷：川端康成故居。

▲ 主角川島與薰子及其家人走過伊豆天城山隧道

▲ 一行人來到河津七滝的淨蓮の滝

幕、《雪國》連續七次改編成電影和電視劇。

一九六八年十月十七日，時年六十九的川端康成，歷經人生無數波折與創作煎熬，終於憑藉《雪國》、《千羽鶴》及《古都》三本著作獲得當年國際最高榮譽的諾貝爾文學獎，且是日本獲得這項殊榮的第一人。

一九七〇年六月十六日，「中華民國筆會」主辦的國際筆會第三屆亞洲作家會議在臺北舉行，由當時的會長林語堂主持，一九六八年甫獲諾貝爾文學獎的川端康成應邀出席，並在開幕做了一場精闢又生動的講演，講題「源氏物語與芭蕉」，生動的內容與演說丰采，獲得與會人士熱烈掌聲。

中年後舉家搬遷到鎌倉市長谷居住的川端，獨愛清靜，對佛教情有獨鍾，寫作之餘偏愛書法，漢字寫得活靈活現，但內心卻異常矛盾，對於獲獎後帶來的榮耀和不斷湧現的仰慕者，心裡十分厭惡，這種反應或許與身為孤兒的封閉心理有關，加上情誼深厚的三島由紀夫切腹自戕的陰影揮之難去，他的心思和情緒旋即沉落低潮。

一九七二年上半年以後，鮮少出現在公開場合。

豈料，才剛動完切除盲腸手術未及一個月的四月十六日夜晚，竟在長谷自宅含煤氣管自殺身亡，未留隻字片語，就連家人也無法理解位居文學界巨擘的親人，為什麼會自盡結束生命？

常在憂鬱、矛盾中過活的川端，自盡身亡前，曾對一樣以自殺方式棄世的文學家古賀春江生前的口頭禪大加讚賞，那句話是：「再沒有比死更高的藝術了，死就是生。」未料這句話竟成川端人生終極之言，這是繼三島由紀夫自殺十七個月後發生的悲劇，時年七十三。

關於《伊豆的舞孃》

一九二六年出版的《伊豆的舞孃》，日文原稱《伊豆の踊り子》，又有稱《伊豆の踊子》，譯本也有稱《伊豆的舞女》或《伊豆的舞娘》，是川端康成的成名短篇小說，書籍銷售量難以估算，先後六次改編搬上大銀幕，五次改編為電視劇。

《伊豆的舞孃》描寫一位東京高校男生川島，利用短暫假期前往伊豆旅行，因觀賞巡迴藝人演出，無意發現賣藝人、身材嬌小玲瓏的十四歲舞孃薰子，梳理古代髮髻，身背大鼓，模樣討喜；旅途中，高校生和賣藝人一起翻山越嶺到天城山鄰近村落表演，修善寺、湯ケ島、湯川橋，遊歷數天。高校生從最初的追隨到攀談，由初識到傾慕，進而對於純情的薰子萌生可望不可及的戀情，直到兩人四目交流，互相吸引。某天，高校生請賣藝人到他住的房間作客，夜晚時分，川島朗誦《水戶黃門漫遊記》給薰子聽，讀書氣氛帶引兩人刻骨銘心的情愛幼苗。然而，生於階級思維森嚴的封建社會，川島和薰子的感情，只能在黯然中似有若無的漂流。

青年高校生結束在伊豆的假期，準備從下田乘船返回東京，薰子趕到碼頭送別，眼見船隻漸行漸遠，她僅能無助的站在港埠堤堰，以幾乎要揮斷的手臂，不停揮動手絹，牙齒緊緊咬住下唇，像一朵不甘心的受傷蓓蕾，發出情傷的低聲嘆息。此時，高校生乘坐的汽船繞過山岬，薰子愈發渺小的身影隨之被遮擋，絕望的心情如青黑色的山石掉入水中一樣落寞。

川端生前不斷從出版社接獲讀者詢問關於薰子的函件，受歡迎的程度可見一斑。

薰子這個賣藝舞孃的名字凸顯在《伊豆的舞孃》，十四歲的賣藝人，擁有黑亮秀髮以及如鮮花般嬌美的面孔，她常在眼角塗抹古色胭脂紅。

「二十歲的我，對自己傾向孤兒的怪癖性格深作反省，我就因為難以忍受這種憂鬱才出來作伊豆之旅的。」旅行中，川島和薰子互有愛意，小說卻未提及任何「愛」或與「愛」相關字眼；作者寫情不提愛，的確高妙。

這是一篇悲情小說。從兩人最初的邂逅到分離，愛情都還未及開始發生，就結束了。《伊豆的舞孃》的故事跟日本人眷戀的櫻花一樣，花開鮮豔卻短暫，花期蓬勃而淒傷。女主角薰子某種程度上可說是川端後期作品中的人物原型。川端是個唯美主義作家、大自然的讚賞者；喜歡孤獨，既渴望與人交往，卻又避之惟恐不及，小說中那個貞潔的舞孃，自然成為川端畢生創作的小說中潔白無瑕的女性象徵。

經典名句

- 我的頭腦恍如變成一池清水，一滴滴溢了出來，後來什麼都沒有留下，頓時覺得舒暢了。
- 當我擁有你，無論是在百貨公司買領帶，還是在廚房收拾一尾魚，都覺得幸福。
- 櫻樹對寒冷非常敏感，櫻葉彷彿想起來似的飄落下來，帶著秋天隱約可聞的聲音掠過了潮濕的土地，旋即又被風兒遺棄，靜靜的枯死了。

中文版《伊豆的舞孃》

中文版本：

- 《伊豆的舞孃》，余阿勳、黃玉燕／譯，一九八五年三月，志文出版社出版。
- 《伊豆的舞孃》，葉渭渠／譯，二〇一五年八月，木馬文化出版。

日文版《伊豆的舞孃》

延伸閱讀：

- 《美麗與悲哀》，川端康成／著，金溟若／譯，一九六九年二月，志文出版社出版。本書講述小說家大木與單身女畫家音子之間，幾段離亂的愛與愁，流露些許淡淡哀愁，是交織與糾葛愛憎的作品。
- 《千羽鶴》，川端康成／著，葉渭渠／譯，二〇〇二年一月，木馬文化出版。本書追求耽美，主角無意間踰越了亂倫禁錮，引起連鎖的自殺和死亡事件，作者藉由茶道反映日本人心理，象徵地隱喻情節含義，是川端戰後時期代表作。
- 《片腕：川端康成怪談傑作集》，川端康成／著，邱振瑞／譯，二〇一五年十月，大牌出版公司出版。本書蒐錄二十四篇作者經典短篇小說，窺探文豪內心世界的愛戀、孤獨與悖德之美；從少年時代處女作〈千代〉到晚年傑作〈片腕〉，體現詭譎幽玄的特殊美學。

22

日本無產階級文學運動

蟹工船・小林多喜二

和我們站在同一邊的，就只有我們自己。根本就沒必要盤算後路。因為擺在我們面前的只有兩條路，不是生，就是死！

作者・小林多喜二

一九〇三年八月出生秋田縣貧農家庭的小林多喜二，幼年隨父母投靠住在北海道小樽市伯父的家，在伯父經營的麵包工廠打工，半工半讀完成小樽高等商業學校的學業，一九二四年進入北海道開發高等銀行供職。

少年時代愛好繪畫的小林多喜二，求學期間迷上小說創作，曾向《中央文學》雜誌投稿，以及在校友會雜誌發表文章。畢業後與同好創立《光明》雜誌，擔任總編輯。不久，與農漁工會接觸，加入群眾運動，聲援佃農與勞工的抗爭，並積極參與當時的無產階級藝術運動組織。

一九一九到一九二七年是他習作初階，重要創作有《瀧子及其他》、《牢房》，這些作品大都描寫工人和勞動婦女面對殘酷的政治迫害，以及經濟遭到剝削而奮起反抗的自發行動報導。

一九二九年發表的《在外地主》，揭露銀行勾結地主，搜括、榨取農民的惡行惡狀，未料這些抗議報導發表後，慘遭銀行解聘。翌年，不得不遷居東京，專事寫作與從事工農革命。他是日本當代無產階級文學運動中，最具代表性的人物。

同年，又在《戰旗》雜誌發表《蟹工船》，備受矚目。這是描寫一群被騙前往「蟹工船」參加季節性捕蟹和製作罐頭的工農庶民，在監工的迫害和非人性的勞動中，自主覺悟，奮起抗爭，結果一樣遭遇鎮壓而失敗的抗議報導。這本書的立意堅卓、筆鋒雄勁、語言生動，作者成功的把工人階級不畏強權暴力，勇於鬥爭的氣魄，淋漓揮灑。

一九三一年，他毅然參加日本共產黨，成為革命作家組織中的主要領導人；第二年，這個強勢的革命組織被迫轉入地下，難見天日。

一九三三年二月二十日，當小林多喜二與革命同志祕密接觸時被捕，在築地警察署遭員警拷打致死，年僅二十九歲。他的死訊無疑給無產階級的革命運動增添悲劇性結局。

中文版《蟹工船》

中文版本：

・《蟹工船》，高詹燦/譯，二〇一三年三月，大牌出版公司出版。

日文版《蟹工船》

延伸閱讀：

・《蟹工船‧黨生活者》，小林多喜二／著。

關於《蟹工船》

《蟹工船》是小林多喜二於一九二九年發表在「全日本無產者藝術聯盟」主持的《戰旗》雜誌的報導小說，評論家公認為無產階級主義文學的代表作，作者同時並列第二次世界大戰前，日本無產階級文學運動中最優秀的作家。

本書以虐待、過度勞役、剝削漁工人權與利益的真實事件為藍本，事件舞臺設定在堪察加海域，作者小林多喜二親自走訪函館漁會，聽取船員體驗，並經

▲ 北海道小樽倉庫

文學地景：

北海道：小樽市、函館。

堪察加海域：俄羅斯遠東聯邦管區、東北亞的一個半島，由堪察加邊疆區管轄，首府彼得羅巴甫洛夫斯克位於半島的東南部。勘察加半島西濱鄂霍次克海，東臨白令海及北太平洋。

▲ 北海道小樽硝子館

▲ 北海道小樽運河

長期調查所完成的報告。敘述一群在社會底層為生活掙扎的失業勞工、破產農民、貧苦學生被騙受雇於「博光丸」蟹工船，在非人的環境下遭受欺壓、承受不平等待遇，導致罷工抗爭的過程。

這群來自日本各地，離鄉背井的勞動者，搭乘由報廢船改造的蟹工船，入侵俄國所屬的堪察加半島領海，捕蟹加工做成罐頭。由於工作空間狹窄，加上蟹工船不是「航船」，不受航海法規範，無須遵守安全規則；加諸報廢船非「工廠」，可以規避勞動法令。另則，監工淺川為提高漁獲，強迫勞工日夜加班趕工，棄病人於不顧，還對勞工施以烙刑，剝奪工人的一切權利；種種偏離人道常軌的作為，最終導致勞動者痛下決心，為爭取權益，群起罷工抗爭。

不幸的是，經營者竟慫恿海軍部隊介入，捉拿肇事者，任誰都無法理解，原本作為守護國民的軍隊，在緊要關頭竟是捍衛資本家的走狗，迫使勞工不得不再次團結，與惡勢力抗衡。

書評家稱為馬克斯主義文學劃時代作品的《蟹工船》，於作者往生七十五年後的二〇〇八年，由新潮文庫重新印製出版，銷售量罕見地在半年內增刷達四十萬冊以上。「蟹工船」三字，同年被選為日本十大流行語大賞，意味「爆紅」。

經典名句

- 喂！這可是下地獄喲！
- 拿咱們做的罐頭胡亂糟蹋，簡直比糟蹋擦屁股紙還厲害！
- 說實在的，盤算這種後事，沒用。死活豁出去了！

23 看得見與看不見的物哀之美

春琴抄・谷崎潤一郎

春琴輕閉的眼瞼，比其姊妹大睜的雙眼更為明麗。

作者・谷崎潤一郎

一八八六年出生東京日本橋的谷崎潤一郎，父親為一米商，幼年生活富裕，及長，父親生意失敗，家道中落。一九〇五年，進入東京第一高等學校，一九〇八年入東京帝國大學國文系就讀，求學期間接觸希臘、印度和德國的唯心主義、悲觀主義哲學，形成虛無的享樂人生觀，大學讀到三年級時因拖欠學費遭退學，從而開始文學寫作生涯。

遭退學的谷崎潤一郎，與劇作家小山內薰、詩人島崎藤村創辦《新思潮》雜誌，並發表了唯美主義的短篇小說《刺青》和《麒麟》。《麒麟》描寫春秋時

▲《春琴抄》從大阪生國魂神社說起

文學地景：

大阪：生國魂神社／道修町／淀屋橋／春琴抄の碑／少彥名神社。

神戶：有馬溫泉。

▲ 佐助每晚到道修町少彥名神社祈求春琴的燙傷早日痊癒

▲ 大阪道修町少彥名神社入口前「春琴抄の碑」

代孔子遊說衛靈公遭奚落的故事；《刺青》描寫一位以刺青為業的青年畫工，用誘騙手段迫使原本善良的女孩變成「魔女」的故事。這兩部小說構思新穎，受到日本唯美主義始祖永井荷風青睞，特意發表專論讚賞谷崎的小說為日本文壇開拓新領域，且給予高度評價，谷崎從此登上日本文壇。

一九二三年關東大地震後，谷崎舉家搬遷到京都定居。京阪一帶的自然景色、純樸人情、濃郁的古文化氛圍，激發他的創作熱情，從而讓關西的風土人情成為他創作後期的背景舞臺。

從一九三四年到一九四一年之間，他花費八年時間從事《源氏物語》今譯，口語譯本文筆明麗酣暢。一九四八年，他在神戶東灘區倚松庵宅邸寫下代表作《細雪》；翌年，榮獲日本文化勳章，時年六十三。

一九五二年，谷崎高血壓嚴重，前往熱海靜養。一九五八年，有中風現象，右手麻痺，此後數年的作品都以口述方式創作；一九六〇年代，美國作家賽珍珠推薦他的作品，參與諾貝爾文學獎競逐，是日本早期少數幾位獲得此項世界大獎提名的作家之一。

一九六五年，谷崎潤一郎因腎臟病過世，葬於京都法然院墓園，墓地僅立兩塊石碑，分別刻上「空」、「寂」陰字，一為谷崎與夫人松子，另一為松子之妹夫婦，均為谷崎手書字跡。

谷崎潤一郎的一生，為藝術與愛情而生，為藝術與愛情而死。他說：「藝術家無論怎樣怯懦，也要安於自己的天分，精益求精的研習藝術。這時，就會產生為藝術而不惜捨生的勇氣，不覺間對死就有了確切的覺悟。這才是藝術家的勇氣！」代表作長篇小說《春琴抄》、《細雪》，被日本文學界推崇為經典的唯美派作品。

谷崎潤一郎早期的作品從嗜虐與受虐中體味痛切的快感，在肉體的殘忍中展現女性之美，故又有「惡魔主義者」之稱。中後期作品回歸日本古典與東方傳統，幽微而私密的描述中產階級男女之間性心理與性生活。一生著作豐富，包括：《刺青》、《麒麟》、《惡魔》、《鬼面》、《春琴抄》、《痴人之愛》、《卍》、《武州公祕錄》、《細雪》、《少將滋幹之母》、《陰翳禮讚》、《源氏物語》口語譯本等。

關於《春琴抄》

一九三三年出版的《春琴抄》，敘述出生幕末大阪市下寺町，原名「鵙屋琴」，雙目失明的三味線弦老師春琴，以及僕人溫井佐助，兩人曲折一生的情愛故事。

本書以報導小說寫作，從《鵙屋春琴傳》抄本取材，描述出身大阪道修町藥材商鵙屋氏掌上明珠「春琴」一生的情與愛。春琴從小能文善舞；九歲眼疾失明，發憤學習三味線弦琴，在「春松檢校」學生群之中，屬她的琴藝最為出眾。為她引路的僕人「佐助」受春琴啟蒙影響，幫傭之餘，一心學琴。春琴的父母雖則中意佐助能成為她的適婚人選，但難以跨越的主從隔閡意識，令她不

中文版《春琴抄》

中文版本：

- 《春琴抄》，賴明珠/譯，二〇〇四年九月，聯合文學出版公司出版。

中文版《春琴抄》

中文版本：

- 《春琴抄》，林水福/譯，二〇一五年八月，木馬文化公司出版。

表同意，導致兩人的愛欲，出現複雜變化。

之後，春琴遭逢意外，被滾水燙傷臉頰，失去美貌容顏，佐助日夜祈求神明庇護小姐早日康復，直到大夫要為春琴拆卸包紮傷口的砂布之前，一句「任何人都可以看見她傷癒後的臉，唯獨佐助不行」，讓佐助痛下決心，用棉針刺瞎自己的雙眼，明志對春琴的敬畏與愛意。

這是情愛極致衝動的表示，還是真愛無私無悔的舉措？更或者是，雙方都意圖將最美好的一面留在彼此心中？

過去，一個眼瞼始終低垂彈琴的女主人，一個終日低頭難語的男僕人，因為身分差異，無法明正言順涉入情愛欲海；惟有當地震發生，春琴感到恐懼才可

日文版《春琴抄》

延伸閱讀：

- 《瘋癲老人日記》，谷崎潤一郎／著，林水福／譯，二〇一四年一月，聯合文學出版公司出版。本書描述年逾七旬的老人督助，失去健康與風流的能力，纏綿病榻之際，將扭曲的欲望投射在年輕貌美的媳婦颯子身上，成了他殘餘生命末期最瘋狂的冒險。
- 《貓與庄造與兩個女人》，谷崎潤一郎／著，賴明珠／譯，二〇〇六年二月，聯合文學出版公司出版。本書作者從一封信與一隻貓之間產生的無限想像，運用鮮活靈動的筆調，勾勒出男女間微妙的關係與變化。

能相互擁抱，短暫依偎在佐助懷裡。沐浴後，他為她擦身，卻毫無情色邪念；如今，兩人都成為目盲者，琴聲叮叮，他甘心不悔以春琴心念中「因為自尊，不能跟一個傭人結婚」的心情一生守候她。

據說，嵐山天龍寺的峨山方丈聽到佐助自刺眼睛，說道：「轉眼之間，斷決內外，轉醜為美，欣賞禪機，庶幾達人之所為。」

佐助刺瞎雙眼後，置身黑暗世界，隱然壓抑情欲，謹守對春琴的眷愛，直到春琴死去，仍不時讚嘆她出眾的美貌與琴藝。

當初堅持難以跨越「主從隔閡的封建思想」的春琴，初始，仍與佐助生下一個「不能說出來」的孩子，後來，還生育二男一女。女兒出生不久夭折，兩個男孩都在襁褓中送給了河內農家。春琴死後，佐助對故人遺世的這兩個孩子沒任何思念之情，也沒把他們接回來，孩子似乎也不願回到盲父身邊。佐助直到暮年既沒妻妾，更無子嗣。

春琴走後，佐助成為檢校，僅在門生看護的二十一年孤獨歲月，度過蕭索晚年，於明治四十年十月，以八十三歲高齡去世。

作者以絕妙的文字，傳述春琴與佐助兩人，古典淡雅，細膩曲折的淒美愛情，令人讀之縈迴難去。

日本文學評論家吉田精一論及《春琴抄》，說到：「對西方反自然的敘事方式構成挑戰。」演繹谷崎潤一郎的小說《春琴抄》，曲盡其妙、餘韻無窮的文字，清晰流暢、汩汩不絕如溪流情節，那一段令人深覺驚心動魄的故事、悲痛的自虐情愛，除了美，就是撼動了。

經典名句

- 與其說她雙目失明，倒不如說是閉著眼睛。
- 對春琴來說，佐助這個人似乎只是一個手掌而已。
- 我看不見師父的樣子了，現在仍然看得見的，只有那三十年來已經烙在我眼底令我懷念的容顏。請依照一向以來那樣，毫無顧忌的把我放在身邊隨意使喚。

24 日本最受歡迎的童話作家

銀河鐵道之夜・宮澤賢治

世界全體無法得到幸福，個人也不可能得到幸福。

作者・宮澤賢治

一八九六年八月出生岩手縣花卷村的宮澤賢治，父親喜助開設當鋪，為富商之家。昭和初期的詩人、童話作家、教育家、作詞家、農業專家。少時因喜歡搜集和研究土壤、礦石，同學暱稱「小石頭賢」。

宮澤賢治七歲就讀花卷川口尋常小學，即已流露文學才華，九歲時受班導師八木英三啟蒙，創作了一首〈四季〉長詩，開啟文學創作潛能。國中時代習作短歌、詩篇，並嘗試童話創作，寫下〈遣遠方之友人〉、〈拜謁皇太子殿下〉等文。

十九歲，進入縣立盛岡高等農林學校就讀，熱中踏勘學校鄰近山野，採集礦

▲ 岩手縣花卷市宮澤賢治紀念館

文學地景：

岩手縣花卷市：新花卷車站／童話村／山貓軒／妖精小徑／賢治的學校／天空的廣場／宇宙的房間／大地的房間／賢治的教室／貓頭鷹小徑／宮澤賢治紀念館。

▲ 宮澤賢治童話村

▲ 童話村的銀河鐵道

石、植物。專心沉浸山林的經驗，奠基文學素養，所見自然風光及製作昆蟲標本，都成為日後文學創作的素材。

中學時代除了愛好文學與自然，對哲學和佛學更加熱愛，片三正夫的《化學本論》與島地大等編撰的《漢和對照妙法蓮華經》，啟發他為生命奮鬥、追求美麗事物，以及放眼前瞻生命的契機，這些智慧深化字裡行間，影響宮澤賢治創作甚鉅。二十一歲，在《校友會會報》以筆名「銀縞」發表短歌。

一九一八年二十二歲，提出論文「腐植質中的無機成分相對於植物的價值」，取得畢業證書。四月成為研究生。一九二一年，任教稗貫郡稗貫農校，擔任代數、農產製造、作物、化學、英語、肥料、氣象和土壤各科目教師。

二十五歲，埋首童話創作，作品數量激增，包括：〈天川〉、〈渡雪〉、〈冬天的素描〉等短詩，作品耐人尋味，寓意深遠，每一篇都有令人意想不到的驚喜。然則，名聲未著，作品常遭報社退件，發表於《愛國婦人》雜誌的童話〈渡雪〉，是生前唯一獲得稿酬的作品。其後主要工作仍以設計花壇、開墾田地為主，間或齊聚青年，舉辦唱片鑑賞或音樂合奏活動。

宮澤賢治出生天災不斷的年代，接連發生旱災、蟲災以致民不聊生，一九二六年，辭去稗貫高等農校教師一職，創立羅須地人協會，以悲天憫人的人道主義、刻苦自立的性格，致力改善耕種環境殘酷的東北土壤與地質。兼而將敏銳的筆觸、豐富的創造力與幽默的情感轉化為文字寄情於童話作品中。終身未娶的宮澤賢治，最後五年的人生，因辛勞過度造成肺結核惡化，臥病在床，卒於一九三三年，享年三十七歲。

生前沒沒無聞，棄世後，聲譽鵲起的宮澤賢治，在《朝日新聞》「這一千年裡你最喜歡的日本文學家」調查中，名列第四，遠勝太宰治、谷崎潤一郎、川端康成、三島由紀夫、大江健三郎、村上春樹。《文藝春秋》雜誌「二十世紀你最喜歡的十本日本著作」調查中，宮澤賢治的《銀河鐵道之夜》與夏目漱石、森鷗外的作品同列第十名，領先其他名家。

關於《銀河鐵道之夜》

寫於一九二七年，作者去世隔年一九三四年才出版的《銀河鐵道之夜》，是宮澤賢治的童話小說代表作。充滿唯美與幻想色彩的故事，深受讀者喜愛，一九八五年改編成同名動畫。

小說描述成長在貧困家庭的喬萬尼，父親離家，必須仰賴課後打零工照顧疾病纏身的母親。他的好朋友，出身富裕的康佩內拉，家中擁有許多書籍，喬萬尼時常受邀前往作客。某一天的自然課，老師拿出銀河的圖片要同學作答，點名喬萬尼，他因為在康佩內拉家的書本讀過，清楚答案卻不敢回答，慘被同學恥笑。可是當輪到康佩內拉作答，為了顧及喬萬尼的面子，他故意靜默不答，老師和同學誤以為連他這樣的高材生都不懂，一定是題目有問題。

銀河節到來那天，同學賈奈利吆喝其他同學前往河邊，參加晚間的銀河節水燈會，由於喬萬尼必須回家照顧母親，無法參加，在路上遭到賈奈利嘲弄。

終於，喬萬尼累倒了。一個人在銀河節之夜走到一座黑黝山崗，躺在坡頂上觀賞雪亮銀河，泛出白燦燦的漣漪，宛如萬道彩虹，閃閃流動。這時，芒草隨風搖曳，掀起一片片波浪，他意識到自己彷彿正跟著康佩內拉乘坐一輛在銀河鐵道行駛的列車。途中，看見許多難以置信的奇異景象，還看見有人捕捉白鷺，製成糖果。種種一切，猶如夢境。

後來，他們遇見兩個孩子和一位教師，交談中，喬萬尼得知這些人剛才搭上一艘撞上冰山而沉沒的輪船，所以才會在這時進入列車，隱約暗示許多不尋常。當列車抵達南十字座站，乘客全都下車，車廂裡只剩他和康佩內拉。下一站，駛到煤袋星雲站，他發覺康佩內拉瞬間消失不見了。

喬萬尼倏然從夢境醒來，被一股不可思議的力量導引到城裡，發現橋頭聚集許多人，這才發現原來是嘲笑他的同學賈奈利不小心從船上掉到河裡，而康佩內拉為了救他，勇敢跳進河裡，結果賈奈利被安全救上岸，康佩內拉卻慘遭不幸滅頂。

中文版《銀河鐵道之夜》

中文版本：

- 《銀河鐵道之夜》，賴庭筠/譯，二〇一三年一月，高寶出版公司出版。

日文版《銀河鐵道之夜》

延伸閱讀：

- 《用耳朵去看、用眼睛去聽的故事》，宮澤賢治/著，蕭語謙/譯，二〇一四年十一月，紅柿文創公司出版。本書十二篇作品，作者的童話文字幻化成悅聲，不斷在耳邊傾訴動人的故事。

原來，「銀河鐵道」是帶領死者靈魂回歸天國的哀傷列車，善良的康佩內拉就坐在列車裡。

讀過《銀河鐵道之夜》的人都明白，這部童話小說不只是童話，從孩童的心靈來看，故事性濃厚；就成人眼下，是對人性與社會的諷刺吶喊，具足深思與悲天憫人的感動。

經典名句

- 這條白茫茫的銀河，有人說他像條河，也有人說他像是牛奶流淌過的痕跡。
- 啊……這條白色的帶子是由星星組成的。
- 我們到天上來了。你們看，那就是天上的符號。不用害怕，我們就要到神的身邊了。

25 一段徒勞之美的愛情

雪國・川端康成

穿過縣境長長的隧道，便是雪國。

作者・川端康成

關於《雪國》

一九三四年十二月，川端康成前往新潟縣越後湯澤，住進高半溫泉旅館，撰寫《雪國》（又譯《雪鄉》）。一九三七年六月，匯總刊載在各雜誌的《雪國》章節，進行最後修訂，之後，由創元社出版單行本。

川端把《雪國》的背景地設定在遠離東京，隔開三國山脈的新潟縣越後湯澤，並以「五等藝伎」駒子和遊客島村為題材，展開一段追求樸質無華、平淡自然的情欲美學。

▲《雪國》地景：越後湯澤的雪景

▲《雪國》起頭句：穿過縣界長長的隧道，便是雪國。

文學地景:

新潟縣:越後湯澤/清水隧道/高半溫泉旅館裡的霞間/湯澤町雪國館/駒子の湯/笹の道文學散步/諏訪神社。

大阪茨木市:川端康成文學館。

▲ 湯澤町的「駒子の湯」，內設《雪國》電影相片展

作者開頭語寫道：「穿過縣境長長的隧道，便是雪國。夜空下一片白茫茫。火車在信號所前停了下來。」這段話不僅留給讀者深刻印象，在日本，更是大多數人琅琅上口的名句。這段話的前兩句沒有主語，卻能使讀者跟隨男主角島村走進湯澤町，感受雪國的蒼茫淒迷。

每到冬季，越後湯澤雪飄迷濛，積雪厚實，故得「雪國」之名，小說始於主角島村和駒子在溫泉旅館邂逅，終於葉子慘死戲院。葉子是川端筆下純潔無瑕的女性象徵，而駒子恰好相反，她熱情又執著，敢愛能愛，個性鮮明、強烈。

男主角島村被塑造成來自東京一名喜愛西洋芭蕾舞的自由職業者，過著假性的單身生活。他到越後湯澤旅行，在火車上巧遇年輕貌美的葉子，正細心護送一名患病的男子回湯澤町，作者運用巧筆描繪火車廂裡一段現實與非現實的心理與感官情境。

到了雪國之後，島村在溫泉旅館結識了名叫駒子的藝伎，後來，從駒子口中得知火車上那個患病的男人叫行男，是駒子的未婚夫，也是駒子三味線師父的兒子，身染肺結核；駒子對行男並未懷有愛意，僅及於同情之心，心甘情願當藝伎賺錢讓行男就醫；直到遇見財色兼具，不知生活艱困的島村，由欽慕而生愛。不久，行男病故，駒子連最後一面都不肯前往探望。

對人生懷抱虛無與頹廢的島村三度前往湯澤町，和曾在東京當藝伎的駒子相會；能彈奏三味線的駒子，每天很努力的寫日記。另一方面，三味線師父的女兒葉子陪同行男治病返回湯澤途中，正好坐在第二次乘車到雪國會見駒子的島村的對面，島村透過起霧的車窗欣賞黃昏雪景，無意看到倒映在車窗上駒子迷人的眼眸，不禁心神蕩漾。

島村聽說三味線師父想把駒子許配行男，駒子也為了給行男治病才去當藝伎，卻遭駒子否認。駒子在島村逗留湯澤期間陪他遊玩，一心發展兩人關係；駒子對島村的感情真摯，而島村只想享受短暫的美好。把女人當玩物看待的島村，視駒子為「美的徒勞」，既欣賞她的美貌和性格，同時又對單純的葉子的情意無法釋懷。

駒子曾力圖擺脫這種生命態度，決心追求過正經的生活，以及渴望得到男女間普世的幸福愛情，她對島村的愛已然熱絡到無法摻有任何雜念的地步；反倒是在溫泉旅館與女主角邂逅的島村，只想藉此找尋精神與肉體的慰藉，從而追求某種能在一瞬間忘卻自己的非真實感。

行男病故後，某天，一間放映電影的戲院發生火災，葉子因吸入過多煙塵，不幸喪命，駒子從島村身邊跑去救護葉子，臨終的葉子囑託島村要善待駒子。這時，島村腦子想到的卻是松尾芭蕉的俳句和初次在火車廂見到的葉子，那身綽約的美麗模樣。故事就此結束。

川端在探索情欲人性的創作裡，呈現宿命所顯露的殘酷虛無與頹廢，他憑藉敏銳感覺，運用綿密、優美和細膩的文字，穿透男主角島村的內心，作為反諷和襯映這個寡情男子是個「靠不住」、「冷漠無情」，隨時會拋開女人遠去的人。

曾經醉心借鑒西方現代派思潮，移植到文學創作的川端，後期的創作完全傾向日本古典傳統意識，潛心佛教哲理，尤其是輪迴思想；他在現代與古典極端的對立中，梳理出屬於自己的文學意象，這種自覺意識，令他在探索日本的美學，以及從西方文學的人文意涵，深入看見日本化的文學之路，《雪國》便是在這種對東西方文學的比較與交流中孕育而生的作品。

中國作家莫言表示，當他讀到《雪國》描述：「一隻黑色壯碩的秋田狗蹲在河邊的一塊踏石上，伸出舌頭舔著河裡的熱水。」的文字後，終於明白什麼才是小說，放下書本，他提筆寫下短篇小說〈白狗鞦韆架〉的名句：「高密東北鄉原產白色溫馴的大狗，綿延數代之後，很難再見一匹純種。」這段文字深受川端的影響。

日本文學教授林水福說：「《雪國》的男女構圖也承襲了這種上下關係。藝伎身分的女主角駒子對島村的傾慕，讓讀者感到可憐而同情；男女主角又因身分的懸殊而無法結合，也感動了讀者。」

中文版《雪國》

中文版本：

- 《雪國》，葉渭渠／譯，二〇一五年九月，木馬文化出版。

日文版《雪國》

延伸閱讀：

- 《睡美人》，川端康成／著，葉渭渠／譯，二〇〇二年一月，木馬文化公司出版。強烈表現性愛與浪漫情思。在深紅色窗簾的房間裡，躺著被藥物麻醉而昏睡的年輕裸女；一旁過夜的老人凝視青春肉體，像在面對即將來臨的死亡。
- 《川端康成文學之旅》，陳銘磻／著，二〇一一年六月，凱信企管出版公司出版。本書透過川端康成的生平與創作，解讀大師文學世界中的美麗與哀愁，並探訪《伊豆的舞孃》、《雪國》、《千羽鶴》、《古都》、《山之音》等名作的經典場景。

顯見川端的《雪國》用字綿密、描繪細膩之一斑。這部小說，二度搬上電影銀幕、五度改編成電視劇。

經典名句

- 生存本身就是一種徒勞。
- 這對城市美好事物的憧憬，隱藏於淳樸的絕望之中，變成一種天真的夢想。
- 鏡中的雪愈發耀眼，活像燃燒的火焰。
- 不是欣賞舞蹈家栩栩如生的肉體舞蹈藝術，而是欣賞他自己空想的舞蹈幻影，彷彿憧憬那不曾見過的愛情一樣。
- 人的感情連最易損的縐綢都不如，因為綢緞至少可保存五十年，而人的依戀之情遠比此短。

暗夜行路・志賀直哉

只要一步就可踏入通往永恆的路。

作者・志賀直哉

一八八三年出生宮城縣石卷市的志賀直哉，祖父曾是相馬藩府的家臣，兩歲隨父母移居東京，接受貴族教育，十八歲跟宗教家內村鑑三學習，二十一歲進入學習院高等科學習文學創作。一九〇四年發表處女作《菜花與少女》。

一九〇六年，志賀直哉進入東京帝國大學文科英文系就讀，兩年後轉讀國文學科，中途輟學。後與武者小路實篤、木下利玄創辦雜誌《望野》；對當代純客觀理念的自然主義文藝思潮不滿，主張肯定積極的人生、尊重個性、發揮人的意志、提倡人道主義與理想主義的文學，形成「白樺派」。

期間發表《到網走去》、《剃刀》、《克羅諦思日記》、《在城崎》、《佐佐木的場合》、《好人物夫婦》、《赤西蠣太》，以及描寫他立志文學，與父親志賀直溫發生衝突，終至得到認同的《和解》等。

看來，志賀直哉很喜歡遷徙，一生搬了二十六次家，寫《蟹工船》的小林多喜二登門造訪奈良故居時，還住了一晚，芥川龍之介曾拜訪他在千葉縣的家。奈良租屋四年，結廬九年，終於完成《暗夜行路》，那是一九一八年經過短暫休息，重新提筆的傑作。

《暗夜行路》出版後，蜚聲文壇，被稱為新現實主義第一人。他深邃的觀察人性，對於庸俗與虛偽極其憎惡，是個充滿理想主義的熱情分子。作品大都取材自生活，被認為是現代日本文學中，從自我經驗取材最多的作家，關心社會事務，在政治和文學上表現堅貞不屈，早年關懷足尾礦工中毒事件、同情寫作《蟹工船》的小林多喜二為工人所做的犧牲。

第二次世界大戰期間，堅持保持緘默，以示對侵略戰爭的抗議。後期作品《萬歷紅瓷瓶》、《颱風》、《早春的旅行》、《寂寞的一生》、《灰色的月亮》和《被腐蝕的友情》等，大都緊繫於對社會的關懷。一九四八年榮獲日本

▲ 奈良市高畑大道町志賀直哉舊居

文學地景：

京都：山科志賀直哉舊宅遺址/哲學之道。

奈良：奈良志賀直哉舊邸。

鳥取縣大山。

廣島尾道。

▲ 京都山科志賀直哉舊居跡

▲ 主角走過京都銀閣寺附近的哲學之道

文化勳章，一九七一年十月二十一日逝世。

關於《暗夜行路》

一九二一年開始著述，一九三七年完成的《暗夜行路》，被視為傾注畢生精力，志賀直哉唯一的長篇小說。日本評論家喻為「小說之神」，並認定為志賀直哉的代表作。

《暗夜行路》描寫一位孤獨的知識分子，在無法圓融的生活與苦悶思想的人生路上，暗夜探索的歷程。主角時任謙作是祖父和母親的私生子，在兄弟間一直遭受歧視，母親去世後，他跟祖父及其年輕的妾，過著單調且寂寞生活。為

中文版《暗夜行路》

中文版本：

- 《暗夜行路》，李永熾/譯，二〇一五年三月，商周文化公司出版。

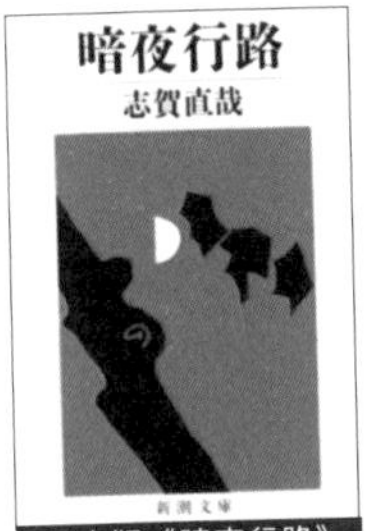

日文版《暗夜行路》

立志從事文學事業與父親發生衝突，婚後發現妻子不忠，便獨自浪跡天涯，旅途中病倒他鄉，妻子趕到時，但見病榻上的丈夫睜開柔和而充滿愛的眼眸。

這部長篇小說是白樺派全盛時期，作者以第一次世界大戰，正在世界各國逐漸形成民主思潮的階段為契機所創作。

《暗夜行路》的出版使當代知識分子對生命充滿美好理想，對社會無止境進步懷抱更大的希望。白樺派以武者小路實篤的話：「透過個人或者個性來發揮人類意志作用。」作為思想的最高原則，堅持貫串人道主義和理想主義的精神。這股巨大力量，撥開了陰鬱的自然主義的烏雲。正如芥川龍之介所言：「打開了文壇的天窗，讓清新的空氣流進來。」又說：「我躺在床上，閱讀《暗夜行路》，主角的精神鬥爭對我頗有切膚之感。比起這主角，我覺得自己多麼傻，不知不覺流下淚來，同時，淚水也不由得給我一種平和感。」

譯作家李永熾說：「志賀直哉寫實主義的精簡描寫和藝術的成就，已是日本批評家共同承認的事實。就日本文學史而言，他是站在夏目漱石自我主體性的課題上，進一步追尋自我與幸福的問題。在自立與自律的『近代』社會尚未普遍形成的地方，志賀文學中『道德靈魂的痛苦』與邁向自立的自我肯定，是值得注意的。」

經典名句

- 這被迫背下了不知實體的重物。
- 不管有救沒救，反正我不離開他，不管到哪裡，我都跟他去。
- 只要一步就可踏入通往永恆的路。

27 武士之道意味精通文武

宮本武藏・吉川英治

紅葉將生命獻給樹幹，然後以火紅之姿散落與消失。

作者・吉川英治

一八九二年出生神奈川久良岐郡中村根岸（今橫濱市中區）的吉川英治，原名英次。幼年家境貧寒，五歲即能讀巖谷小波的《世界的故事》，六歲進入橫濱市千歲町「私立山內尋常高等小學」就讀，兼而學習英語，並在岡鴻東私塾習讀漢學。

七歲時，舉家搬遷南太田清水町，原本困頓的家境稍見改善，但父親染有酗酒惡習，家庭關係陷入低迷，直到十一歲，家道再度中落，吉川英治不得不退學，以潦落的少年之姿，前往川村印章店當學徒，後又到南仲舍擔任少年活版

▲ 宮本武藏誕生地，岡山縣美作市宮本。

文學地景：

福岡縣小倉市：手向山公園宮本武藏之碑。

下關市：宮本武蔵の巖流島出陣地/巖流島/巖流島文學碑。

京都：三十三間堂。

九州：熊本市靈岩洞。

▲ 宮本武藏曾在三十三間堂跟吉岡傳七郎決鬥

▲ 武藏與小次郎在巖流島決鬥雕像

工。不久，經人介紹，轉任橫濱稅務監督局當工友。

體驗百味雜陳人生十數年的吉川，要求自己從絕境中站起，且以「生涯一書生」為志向，用最笨拙的死記方式背讀《芭蕉句抄》，發願未來成為俳句詩人。十四歲，第一次將短篇小說〈浮寢鳥〉投稿到《學生文壇》，獲得刊登，增添寫作信心。隔年，在海軍御用雜貨店續木商店當店員。

一九〇八年十六歲，入選參加《橫須賀新聞》舉辦的俳句大會，獲得獎賞，但生活仍未獲改善，後來辭去雜貨店員工作，改當營造廠水泥匠，不久，轉任橫濱船塢公司的船具工，然生活依舊貧困。

十八歲，大量閱讀文學書籍，熱中翻譯，經常參加俳句會。年末，在船塢工作，不慎掉落船底送醫急救，出院後決心到東京半工半讀，並應徵到螺絲釘工廠當工人。翌年，轉到工廠附近的手提箱製作廠工作，同時在藏前夜間工藝學校圖案科上半年課，期間，成為會津泥金畫家塚原氏的徒弟。

自幼因生活困窘，輟學幫傭，過著顛沛流離的生活。始終自學不怠的吉川，二十二歲正式步入文壇；因為深刻體驗人生，吉川的文學作品涵藏對社會現實面的洞悉觀察、體驗收聚的能量，他秉持「我以外皆我師」的理念，建構出美妙文采。從《和漢萬卷》中擷取知性、感性與性靈力量，並將這股力量匯聚於對人性的刻畫，開創了亂世文藝的風潮。

三十歲任職東京每夕新聞家庭部，在每期的《星期日附錄》撰寫童話、連載第一部長篇新聞小說《親鸞記》，後來這部處女作由每夕出版部出版，自此創作不輟，在《滑稽俱樂部》刊登長篇小說《劍魔俠菩薩》，在《國王》創刊號連載《劍難女難》，這時，開始使用「吉川英治」為筆名，接著又在《滑稽俱樂部》與《少年俱樂部》，連載了《坂東俠客陣》和《神州天馬俠》。

一九二六年，吉川三十四歲，在《大阪每日新聞》撰寫《鳴門祕帖》，一舉成名，鞏固了「大眾作家」的地位，有稱「國民作家」，或稱「百萬人的文學」，吉川英治的作品就像一罈陳年好酒，時間愈久，愈見醇香，評論家認為在日本能與吉川英治比肩者，唯夏目漱石一人。

自一九三〇年代起，吉川英治先後著有《宮本武藏》、《新書太閤記》、《三國英雄傳》、《新・平家物語》、《私本太平記》、《上杉謙信》、《源賴朝》、《平の將門》等鉅作，備受推崇，其中，《宮本武藏》花費近二十年時間寫成，他以人文角度羅織歷史人物的全真面貌，寫就武藏「劍禪一如」、至真至性的內心世界，使這位謎樣的歷史人物躍然紙上，也使處在逆境的讀者有歸宿感，更使身在順境中的人讀後洗去心靈塵埃，《宮本武藏》成為歷史小說創作的代表作。

一九六二年榮獲日本文化勳章後，因癌症惡化去世。

關於《宮本武藏》

一五八四年出生的宮本武藏，本姓藤原，習慣使用宮本、新免為其氏；幼名弁之助，名諱玄信，通稱武藏，號二天、二天道樂，江戶時代初期的劍術家、兵法家、藝術家。

武藏為創立「二天一流」劍道的始祖。在京都與兵法家吉岡一門對決，以及在巖流島與巖流派兵法家小次郎的決鬥事蹟，至今仍為許多小說、大河劇和電影的題材；除此之外，武藏同時也是知名的水墨畫家及工藝家，其傳世的文藝作品，如：〈鵜圖〉、〈枯木鳴鵙圖〉，以及〈正面達摩圖〉、〈盧葉圖〉等水墨畫、馬鞍、木刀、工藝作品，都成為日本的國家指定重要文化財產。

被喻為一代劍聖的宮本武藏，在《五輪書》說：「武士之道意味要精通文武二道。作為武士，即使不具這方面的天賦，只要不斷努力，加強自己的文化和兵法修養，仍然能成一名合格武士。」

巖流島之役，勝者武藏，敗者小次郎，正是「一切即劍」擊敗「劍即一切」的靈心慧語，更成為武者典範。一六四五年六月，武藏於千葉城的武士居所死亡，墓地葬於熊本市弓削。

吉川英治於一九三九年出版的《宮本武藏》小說，把一生經歷大小決鬥六十

中文版《宮本武藏》

中文版本：

- 《宮本武藏》，劉敏／譯，一九九八年二月，遠流出版公司出版。

日文版《宮本武藏》

延伸閱讀：

- 《武士的精神：五輪書與兵法家傳書》，宮本武藏、柳生宗矩／著，何峻／譯，二〇〇四年一月，遠流出版公司出版。宮本武藏的著作視兵法為實踐事業，本書分別從法總論、劍法奧祕、戰略戰術、其他流派與自然之道等方面詳述兵法要義。

餘回的武藏，刻畫成一名「終身以劍磨練靈魂」，追尋「禪劍一如」求道者的傳奇人物。書中還創造「阿通」、「又八」和「阿杉婆」等虛構人物，把愛情與親情摻雜於刀光劍影的陣仗之中，讓本書通俗易讀。

簡言之，本書以戰國到德川初期為背景，描述由動到靜的歷史段落，宮本武藏憑藉堅忍不拔的毅力和強壯體魄，以一把孤劍，飄泊天涯，尋求劍禪合一的真髓。《宮本武藏》不僅確立吉川英治在日本「國民作家」的地位，自一九三六年開始，由他的著作改編的電影和電視劇，超過五十部以上。

經典名句

- 我以外皆我師。
- 以率直為根本，以真為道，才能認清真我，認清一切。以空為真道，你就能悟得真道即是空。
- 任何人和任何物品，我們都可以從中學習到某些道理。

細雪・谷崎潤一郎

蒔岡家姊妹們的四季比其他人更像夢境。

作者・谷崎潤一郎

關於《細雪》

一九四三年出版的《細雪》，是谷崎潤一郎小說寫作過程，回歸日本傳統人文美學的見證，是文學創作生涯的巔峰作品。

寫作本書，約在第二次世界大戰的一九四二年秋天，其間，他旅行到山梨縣河口湖畔的勝山，開始執筆，並發表於當時的《中央公論》月刊誌。隔年，軍方要求停止連載，理由是「違背時局」。對這項無理的「禁刊令」，谷崎未加理會，私下持續寫作、發表，甚至自行印製送給親朋好友閱讀。但因戰爭時期用紙限制，仍被軍部制止，直到戰後恢復連載，一九四八年脫稿，翌年榮獲

▲ 夙川是《細雪》重要地景，櫻花遠近馳名。

文學地景：

大阪：大阪船場/住吉大社/天王寺上本町/文樂劇場/谷崎潤一郎文學碑。

神戶：蘆屋市/蘆屋車站/谷崎潤一郎紀念館/蘆屋川車站/《細雪》文學碑/夙川公園/香櫨園/西宮曼波一本松/谷崎潤一郎故居「倚松庵」/神戶/元町。

京都：平安神宮/圓山公園/渡月橋/野宮神社/天龍寺/清涼寺/嵐山中之島。

東京：富士山/明治神宮/澀谷。

▲ 兵庫縣蘆屋市蘆屋川車站出現在《細雪》次數最多

▲ 香櫨園是《細雪》重要地景

「朝日文化賞」，小說家三島由紀夫曾給予高度評價，後又經讀者票選為日本近代文學必讀作品之一。

閱讀《細雪》，不僅讀到作者透過四姊妹傳述的日本傳統人文美學，甚而能從書中看到作者意圖勾繪二次世界大戰前，日本關西地區中上層社會的生活樣貌。

全書描述大正末期與昭和初年，大阪船場商人「蒔岡」四姊妹的性格與感情，在不盡相同的命運下，家庭、親情、兒女私情、婚姻的連結。作者藉情感事件將心目中理想的女性，賦與至美象徵。行文之餘，兼而穿梭在京都賞櫻、賞月、捕螢、舞蹈等文化活動和風流韻事之間，人物形象與心理刻畫極為細膩；字裡行間且將關西一帶，包括翩然文雅的京都風情、豪邁的大阪人文、淡雅的神戶人情，盡興表露，對話中，涇渭分明的羅列使用京都和大阪方言，使人讀來多了層感受不同的風味。

蒔岡家男主人是個經商有成的企業家，行事風格海派，妻子早逝，他未能守成顧家，致使家道中落，去世後，「蒔岡」徒留世家之名，不再光鮮耀眼。

小說描繪的四姊妹，以年紀近三十多歲，尚未出嫁的三姊雪子為主要角色，作者安排她於多次靦腆、羞赧的相親，穿插了四妹妙子的戀愛經歷。還有，不斷替妹妹操心煩惱的二姊幸子和貞之助夫婦，以及大姊鶴子和辰雄夫婦的生活狀態，從而顯露出傳統日本女子纖細、多慮與含蓄的性情，並自然飄瀟，無有疏密的揮灑了以京都和大阪為文化表徵的古典風尚。

蒔岡四姊妹分別是個性保守嚴謹的大姊鶴子、亮燦純真的二姊幸子、內剛外柔的三姊雪子、靈活反叛的么妹妙子；四個姊妹透過作者精湛的敘述，個個形象鮮明，擁有各自不同樣貌，尤其姊妹之間，親密、細膩的感情，在谷崎出神入化的描寫下，特別感人。

作家井上靖說，《細雪》不僅是谷崎個人作品的高峰之作，也是昭和文壇的優秀代表作之一。法國文學家沙特盛讚「現代日本文學的最高傑作」。

昭和年間，為迴避對法西斯主義的支持而寫的長篇小說，「細雪」在《細雪》一書裡從未真正出現過，到平安神宮賞櫻卻是蒔岡姊妹不能錯過的年度盛事，作者藉由「細雪」為主題精神，意圖凸顯人物情節似雪般細碎、輕盈又無以名狀的冷清與哀愁。

臺灣中文版《細雪》的譯作家林水福教授，認為《細雪》的情境故事，從四姊妹生活互動的語氣、對話的語句，乃至日常生活事件的轉折，以層層堆疊的細節，醞釀出那一時代地區的氛圍，刻畫出日本現代化之下，傳統的束縛，以及傳統維繫的人際情感關係的消逝。整幅圖像，好比書名意象，讓讀者在感受雪花寒冷的同時，凝望優雅純白的片片雪花緩緩落下，最終命定地隨時間消逝在銀白土地。此處沒有懷舊的溫暖或喟嘆，也沒有邁向未來的光明樂觀，只有傳統的殘破與美麗。

《細雪》單行本於一九四八年出版，事隔三十餘年的一九八三年，東寶電影公司為慶賀創立五十週年，重新拍攝《細雪》。這部大製作大卡司的戲劇，

中文版《細雪》

中文版本：

- 《細雪》上下，林水福/譯，二〇一一年四月，聯合文學出版公司出版。

由跟黑澤明、木下惠介、小林正樹並稱「日本影壇四騎士」的市川崑導演，男主角石坂浩二、伊丹十三，四位女主角分別是岸惠子、佐久間良子、吉永小百合，以及古手川祐子。

對於《細雪》改編拍成電影，市川崑說：「這部電影希望重現當年既古典又現代的風景、風情與人心。『細雪』在關西的語言中，象徵美麗的人、事、物。細雪美則美矣，可經陽光照射，迅即溶化，稍縱即逝。標榜唯美主義的谷崎文學，在《細雪》中，雖然敘述沒落家族的瑣碎事，究其根柢，亦不失為辛辣的人間喜劇。」

這部影片從四姊妹賞櫻揭開序幕，她們固定在春季櫻花綻放季節，身著典雅

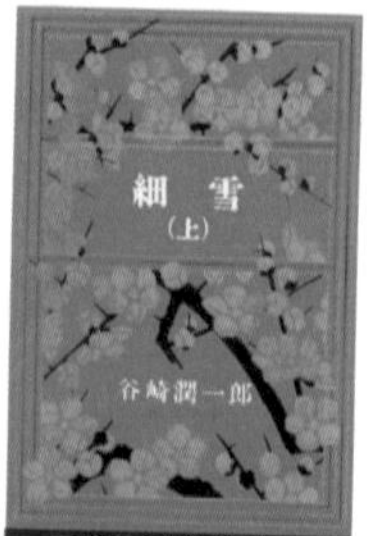

日文版《細雪》

延伸閱讀：

- 《卍》，谷崎潤一郎/著，林水福/譯，二〇〇六年十月，聯合文學出版公司出版。本書描述兩男兩女、同性異性間彼此糾纏不清的愛欲，也是女主角園子對於四人愛情悲劇的萬言自白書。
- 《痴人之愛》，谷崎潤一郎/著，林水福/譯，二〇〇七年十一月，聯合文學出版公司出版。本書陳述男子河合讓治崇拜少女肉體，領養貌似外國人的少女naomi，為了擁有她萬分之一的愛，對少女荒淫無度的生活視若無睹，並且包容一切，全書讀來，足以探窺作者獨特的情欲觀。
- 《跟著谷崎潤一郎遊京阪神》，陳銘磻/著，二〇一四年五月，聯合文學出版公司出版。本書分章介紹谷崎潤一郎經典名作梗概，從情節進入真實，帶領讀者回顧文豪人生風景，並深度走訪與標記最完整的谷崎潤一郎的文學作品地景。

和服，在料亭用膳後，漫步行遍京都名景名所，包括：嵐山渡月橋、天龍寺雨中賞櫻、大覺寺花吹雪、平安神宮觀賞紅枝垂櫻。導演市川崑將櫻花場景拍攝得美極了，四姊妹的外型猶如仕女圖工筆畫，淋漓盡致呈現日本傳統繪畫雍容典雅的氣質。

經典名句

- 正因為長夜漫漫，或許因此才可以不斷追求光、理解與愛。
- 再說，就算是會離婚，也要讓她結婚一次。

津輕・太宰治

花發多風雨，人生足別離。

作者・太宰治

一九〇九年六月，出生青森縣川原市的太宰治，本名津島修治，父親源右衛門是松木家的入贅女婿，也是縣議員、眾議院議員，經營銀行與鐵路，因多額納稅成為貴族院議員、地方仕紳。

太宰治是津島家排行第十的小孩，幼時生活優裕，代母僕人無微不至服侍。十六歲就讀青森中學，一九二七年就讀弘前高中，醉心泉鏡花、菊池寬、芥川龍之介的小說，發願成為作家。一九三〇年進入東京帝國大學法文科就讀，師從井伏鱒二，後因參與左翼運動，怠惰學業，遭除學籍。

由於心智早熟，十八歲開始進出花街柳巷，與藝妓戀愛，經常透支家裡寄來的生活費。二十一歲和銀座咖啡館女侍投海殉情未遂，遭控「幫助自殺罪」。此後經濟來源遭繼承家業的長兄斷絕，一度疾病纏身，生活困頓，舉債度日。一九三六年出版《晚年》，其中的〈逆行〉入圍第一屆芥川賞候選作品，最終未能獲選，鎮日抑鬱。

一九三七年由恩師井伏鱒二作媒，與教師石原美知子結婚。婚後，寫出《富嶽百景》、《斜陽》，成為當代流行作家，一九三九年以《女生徒》獲第四屆北村透谷獎。

頹廢作風使他成為「無賴派作家」的太宰治，好似生來即喜歡「自殺」，一生自殺未遂達四次之多，每次自殺都跟女人有關；一九二九年，吞下大量安眠藥，被友人救起；第二年，就讀大學期間和咖啡館女侍田部目津子投河殉情，他被漁夫救起，女侍亡故；一九三五年，報考新聞記者敗北，前往鎌倉山上吊，被人救起；一九三七年，攜小山初代到谷山溫泉自殺，結果雙雙被救活。第五次自殺的一九四八年六月十三日，成功亡故，十五日的《朝日新聞》還以為太宰治又在玩自殺未遂遊戲，刊登了一則嘲弄小新聞〈太宰治先生出走了

中文版《津輕》

中文版本：

- 《津輕》，吳季倫/譯，二〇一四年九月，馬可孛羅出版公司出版。

日文版《津輕》

延伸閱讀：

- 《葉櫻與魔笛》，太宰治/著，銀色快手/譯，二〇一五年七月，大牌出版公司出版。本書收錄二十篇短作，如夢似幻，似真若假的故事，韻味十足，其中庶民怪談的靈異奇想，充滿雅致的文學味。
- 《一本讀懂太宰治：拿刀前先讀讀太宰吧！》，新潮文庫/著，徐佩伶/譯，二〇一五年十月，野人文化公司出版。本書帶領讀者認識太宰治的人與作品，從短篇《維榮之妻》開始，直擊作者破滅美學的頂峰之作《斜陽》、《人間失格》，最後回溯處女作《晚年》，全覽作家文風與心境轉折。

嗎？〉，懷疑太宰治是否真的自殺身亡。

被認為日本女大學生撰寫畢業論文最喜歡的作家，名列前茅的太宰治，特別有女人緣，經常酗酒、尋歡作樂，過著浪蕩生活，他認為活在世上就是折磨，說：「死亡是最美的藝術。」而放蕩酒色、心靈矛盾、哀傷為人的掙扎，則是太宰文學的典型。

一九四八年六月十三日深夜，因肺結核惡化，時常吐血，令他疲憊至極，最終與崇拜他的女讀者山崎富榮前往東京三鷹的玉川上水投水自盡，一星期後，屍體才被發現。報載，發現遺體時，兩人是用繩子綁在一起，跡象可疑，引起諸多臆測。評論家平野謙說：「太宰的死，可說是歷史的傷痕所造成的。」

拾獲遺體當天，正是太宰治三十九歲生日，這一天是日本人的櫻桃祭。後

▲《津輕》的文學舞台：津輕海峽

文學地景：
青森縣北津輕郡：小酒館／漁村巷弄／堤川／觀瀾山／津輕海峽。
青森縣五所川原市金木町：太宰治紀念館「斜陽館」。

▲ 青森縣五所川原市金木町太宰治紀念館「斜陽館」

▲ 書中常出現的小酒館

來，為紀念太宰治出生金木町，特別在他冥誕九十周年的一九九九年，將櫻桃祭改為「太宰治誕生祭」，並於老家金木町設立「斜陽館」，以為紀念。當前的紀念館已被指定為日本國內重要文化財。

終其一生未能獲得念茲在茲的芥川獎的太宰治，最終仍留下《人間失格》、《津輕》、《斜陽》等三十多部名作。

關於《津輕》

《津輕》是聯繫太宰治創作中期到晚期的關鍵作品，也是他走向戰後無賴派風格的最後之作。天生性格陰鬱的太宰治，試圖在本書以自嘲文字展現純粹明亮的風格，以及對故鄉青森縣五所川原市既愛又怨的殷切情懷。日本文壇咸認《津輕》才是太宰治文學的真面貌。

一九四四年，三十五歲的太宰治展開久違的返鄉之旅，回到冷颼颼的雪鄉津輕，偕同友人在漁村剝蝦吃蟹、巷衖酒館熱酒吟歌、觀瀾山登嶺遊寺、重返父親的故鄉金木町、與代母哺育他的女傭阿竹重逢，一場瀰漫酣酣酒意、濃濃鄉愁的故鄉巡禮就此揭開。終焉以一貫嘮叨自嘲、一本正經又令人捧腹的丑角之姿，將自己融進事件，酣暢淋漓的描寫故鄉與故人，看似輕鬆快意的遊記，寫下的《津輕》，一方面闡釋「映照內心的人生風景」，另方面在滋養他的故鄉尋獲可以安心的勇氣。

關於《津輕》，日本評論家佐藤春夫在〈稀有的文才〉說：「這部作品，他的缺點完全不見，只表現出他的優點。他的其他作品即使全部被抹殺，只要有這部，他可以說就是不朽的作家之一。」《津輕》好在哪裡？佐藤說：「把當地的風土與人情融合得這麼好，他的才華的確了不起！」

經典名句

- 我要去地獄了！
- 生而在世，我很抱歉。
- 不要絕望，在此告辭。

30

日本青春文學的最高峰

人間失格・太宰治

這是我對人類最後的求愛。

作者・太宰治

關於《人間失格》

一九四八年出版的《人間失格》是太宰治最具影響力的遺作。

「人間失格」原意是指喪失做人的資格。作者透過主角大庭葉藏的人生遭遇，巧妙將自己的人生與思想，隱藏於大庭葉藏的人生際遇，藉由獨白，窺探太宰治「充滿了可恥的一生」。大庭葉藏就是太宰治原型，纖細的自傳體，透露極致的頹廢，以及毀滅式的絕筆之作。小說發表同年，太宰治已然自殺身亡，為自己的人生畫下句點。

小說描述主角葉藏出身富裕，卻隱藏真實的自己、不說內心話，被家庭孤

▲ 太宰治在千葉市船橋的舊宅跡

文學地景：
千葉縣船橋市：船橋太宰治宅跡／田中藥局跡／船橋小學校／船橋借家／借家夾竹桃跡／長直登病院跡／玉川旅館。

▲ 太宰治在船橋玉川旅館住了一段好長時間

▲ 太宰治在船橋居住時，手植的夾竹桃，位於中央公民館前。

中文版《人間失格》

中文版本：

- 《人間失格》，楊偉、蕭雲菁/譯，二〇一〇年七月，新雨出版公司出版。特別收錄太宰治最後告白〈Good Bye〉。
- 《人間失格》，吳季倫/譯，二〇一五年九月，野人出版公司出版。獨家收錄作者最後作品〈櫻桃〉。

日文版《人間失格》

延伸閱讀：

- 《女生徒》，太宰治/著，李桂芳/譯，二〇〇九年七月，立村文化公司出版。本書收集十四篇作者以女性獨白為主的短篇，彷彿訴說心事的表達，蘊含女性纖細而強烈的情感，展現女性柔韌的生命力。
- 《斜陽》，太宰治/著，二〇一三年十二月，野火文化公司出版。本書描寫戰後混亂苦悶的社會，一個貴族家庭的沒落過程，恰如太陽西沉；以及備受壓抑的女主角藉著為心愛的男人懷孕生子，向傳統愛情觀與道德觀挑戰，重新發現生命價值與喜悅。

立，與父親情感疏離。隨著年紀增長，依然走不出孤獨的他，決定走向自我毀滅。讀者從中見到作者自溺、疏離、溫柔的個性，以及象徵櫻花於最美時刻凋落的幽玄美學。

全書以作家身分「我」為口吻，敘述二戰後，在船橋認識酒吧的老闆娘，老闆娘把大庭葉藏的三本筆記和三張照片交給「我」，筆記分別「第一手札」、「第二手札」、「第三手札」。「我」為它補上「前言」與「後記」，並將三封手札原封不動呈現。大庭葉藏在這三本筆記明白記錄自己從青少年到中年，酗酒、沉溺女色、參加左翼團體、企圖自殺、注射嗎啡過量被送進病院，後來又被送進精神病院。

主角自稱懼怕人類，對任何人都難以產生親切感，人與人之間的關係讓他感到荒謬，只有躺在妓女懷裡才能讓他安心，他說那是一種「毫無算計的好感、不帶壓迫的好感、對於可能就此別過，兩不相欠的好感」。大部分時間他並不直接表現對人的厭惡，反而用玩笑迎合他人，因此，表面行為總是與內心想法

經典名句

- 我知道有人是愛我的，但我好像缺乏愛人的能力。
- 所謂世人，不就是你嗎？
- 懦夫，連幸福都害怕，碰到棉花也會讓他受傷，他甚至會被幸福所傷。
- 女人若是突然哭泣，只要給她一點甜食，她吃後就會恢復平靜。
- 我急切盼望可以經歷一場放縱的快樂，縱使巨大的悲哀將接踵而至，我也在所不惜。

疏離。他與內心真實想法落差太大的表面工夫，是讓他痛苦的主要原因。所以只能在別人面前冒著被揭穿的風險，終日演戲。

《人間失格》在二次世界大戰之後由新潮文庫出版發行，至今印行已經超過六百萬冊，與《跑吧！梅樂斯》、《斜陽》並列太宰治代表作。作家張大春說：「《人間失格》是這位作家顛覆其個人與現代文學的一部輓歌，他和他的讀者都會以赫塞那樣『失落的一代』所慣有的『輕微的喜悅』來閱讀這種自我撻伐的深層理性和深邃瘋狂。」

▲ 太宰治與妻子（攝自斜陽館）

▲ 本名津島修治的太宰治（攝自斜陽館）

31

正是一座青春情欲紀念碑

假面的告白・三島由紀夫

讓我迷惘的不是「獲得」的欲望，而是「誘惑」本身。

作者・三島由紀夫

原名平岡公威的三島由紀夫，一九二五年一月十四日出生東京市四谷區永住町。六歲始，三島即在祖母夏子強勢教育下，進入皇室貴族所屬的學習院初等科就讀，受制於生性固執且偏激的祖母嚴厲的要求，三島形同遭封閉，只能在孤寂環境中閱讀，對文學產生濃厚興趣。

體弱多病的三島，臉色蒼白，染患「自我中毒」的痼疾，每個月或輕或重會發作一次，出門上學，咽喉部位必須包紮紗布；上體育課，同學喊他叫「小白臉」、「青葫蘆」，使他感到自卑不已。十歲後的三島，課餘時間都沉潛在文學創作的學習。

一九四二年他選擇學習院高等科文科乙類的大學預科升學，主修德語，生平第一部短篇小說《繁花盛開的森林》也在當年由七丈書院印刷出版，一星期內銷售四千冊，數字驚人，蔚為文壇奇葩。青春的十七歲，使他從一個業餘的文學創作者，進入專業作家領域，這恐怕也是日本現代文學界少見的「文學神童」。

一九四四年，第二次世界大戰進入最後階段，日本的處境急轉直下，兵敗如山倒；二月，時年十九歲的三島收到徵召電報，被派往群馬縣隸屬中島飛行機的小泉工廠擔任勞動員。

淒厲的戰爭結束，三島逃過慘死戰場的命運，卻萌生強烈的死亡意識，這些關於死亡與文學、文學與滅絕，成為他文學作品重要的元素，無不深刻的發展成隱晦、華麗、陰沉、孤傲，相互交迭的極端個人特色。

潛心投身文學創作期間，一次偶然機會，他目睹了一幅吉德・雷尼所畫的《聖賽巴斯丁》，激起年少時代即對男體充滿濃厚興趣的欲望，他視男體為一種「足以令人窒息的美」，導致後來寫下了半自傳體的同性愛小說《假面的告白》，這本書的出版不僅轟動日本，就連描寫同性愛「誘惑欲望」的生動文字，也成為日後同志文學的典範。

從三島的作品不難發現，他心目中雄偉的男體便是自己，在《假面的告白》中，藉文字揭示隱藏在內心深處的性傾向，並將埋藏意識深層，對男體的欲望，毫無保留的自白；在《金閣寺》中，他又透過患有口吃的主角溝口，表達個人對美的偏執態度。

兩度獲得諾貝爾文學獎提名為候選人的三島，對傳統武士道精神，以及嚴厲的愛國主義極為讚賞，尤其二次世界大戰後，日本社會西化與主權受制美國，令他不滿。一九六八年，他組織民間防衛團體「楯之會」；兩年後，脫稿完成個人最後著作《豐饒之海第四部曲・天人五衰》的一九七〇年十一月二十五日上午，交付原稿到新潮文庫出版社。

是日午前十一時，他帶領「楯之會」四位主要成員，前往東京都市ケ谷的日本陸上自衛隊東部方面總監部，假借「獻寶刀給司令鑑賞」，進入二樓總監辦

▲ 主角就讀東京舊學習院初等科的正堂校舍

文學地景：
東京都豐島區：學習院大學

▲ 舊學習院初等科的教室

▲ 激發主角告白的《聖賽巴斯丁》殉教圖

公室，將自衛隊總監師團長綁架為人質，並加以軟禁；接著，使用武士刀和短刀，擊退八、九名職員，隨即走到總監師團長辦公室陽臺，面對廣場群眾，預備進行兩小時演說。

未料廣場群眾譁然叫囂，迫使他不得不在進行五分鐘後的混亂場面，停止講演，黯然神傷從陽臺退回辦公室。這是三島由紀夫始料未及的結果。

希望藉由演說，達成保衛天皇與日本擁有軍隊自主權的意圖，結果事與願違，激憤下三島變更計畫，最後關鍵時刻，選擇當場切腹自戕，並由「楯之會」成員森田必勝和古賀浩靖相繼執行「介錯」任務〔注〕，結束性命。此時，愛美的三島，愛己體的三島，以殉道者之姿，身首異處，整間辦公室濺滿斑斑血跡，現場一片狼藉。

這是壯烈嗎？這是悲劇美學殘存的愚昧舉止嗎？如果三島不死，不以激烈行為讓生命隱然到死亡意象之中，那就不會是人們心目中的三島由紀夫了。

三島滅絕，好似一朵朵盛開的櫻花，以飄瀟之姿親吻消逝的身影。人們在他的作品中讀到對絕美的愛戀。

人世間存活短暫四十五年的三島，留給世人無數精湛的文學作品，包括：《假面的告白》、《禁色》、《潮騷》、《憂國》、《金閣寺》、《午後曳航》、《春之雪》、《天人五衰》等七十餘冊。

關於《假面的告白》

一九四九年七月，由河出書房出版的《假面的告白》，是三島由紀夫為自己的性傾向進行精神分析寫成的告白式小說，描述從幼年到青年時期的性意識與性幻想，由於真實、坦白、直接，造成轟動，從而確立新進作家身分，奠定他在日本文壇重要地位。諾貝爾文學獎得主川端康成讚譽本書是「一九五〇年代的希望」。

評論家認為《假面的告白》是半自傳體的小說，三島在寫給編輯的信中提到：「這次寫的小說，是我生平第一本的私小說。」原本想從創作找尋偏好死亡的信念，後來無意找到同性戀的傾向。敘寫過程，連三島都不相信那是隱密在內心和精神世界最真實的告白。他說：「告白的本質是不可能的。」既然連作者都如是認為，但所謂的告白不過是一種內省的不穩定表白，像是戴著面具演戲而已。三島說：「只有帶肉的假面在告白。」

小說時空背景設定在第二次世界大戰結束，混亂的日本社會。作者描寫主角在學習院就學的同性戀經驗，與友人的妹妹相戀及至背叛的過程，進而在軍工廠和臺灣少年工相處的情形。由於大膽處理同性戀題材，透過性倒錯的內向型自白對內心進行理性探索，並從社會心理複雜的狀態中壓抑出發，進一步對抗傳統道德、秩序和價值的束縛。曖昧的性傾向的自省寫作，使這本書甫一出版，便暢銷熱賣，成為文壇熱門話題。

被讀者形容為「正是一座青春情欲紀念碑」的《假面的告白》，主角五歲時便彰顯光怪陸離的內心世界，進入青春期，戀慕同性的欲念激增，使得天生身體孱弱，時常為自己弱勢的外表感到羞愧的人，開始愛戀強健而富野性的年輕同性，並立志進行精神的自我鍛鍊；但肉體的成長無法令自己滿意，他感到悲哀，就像身體被撕裂的傷悲那樣。對肉體自卑，使他醞釀出對男體激烈傾慕。

主角對肉體的重視，傾注同性下半身的性暗示，他的性自覺來自少年時代對吉德・雷尼所繪《聖賽巴斯丁》畫像的嚮往，「一個俊美至極的青年裸身被綁在樹幹，雙手高高交叉。縛住的雙腕連在樹幹上，沒有其他繩子，遮蔽青年裸體的只有腰部以下的白色粗布而已。」他形容那張文藝復興時代的殉教圖是：「呈現在挺出的胸膛、結實的腹部及稍稍彎曲的腰部周圍的，並非痛苦，而是某種使人醺然欲醉的樂音。」

至於受「下半身巨大無比」、「他的制服顯露出一種充實的重量感和肉感。」的青春同伴近江「啟蒙」的「有生以來第一次的愛」，他說：「對近江這份難以言喻的傾慕，我沒有進行任何意識上或道德上的批判，如果企圖集中意識加以批判，那我早自其中退出了。我想，如果有一種不具備持續與進行

中文版《假面的告白》

・《假面的告白》，李永熾／導讀，一九九一年四月，久大文化公司出版。

日文版《假面的告白》

延伸閱讀：

・《不道德教育講座》，三島由紀夫／著，邱振瑞／譯，二〇一四年四月，大牌出版公司出版。本書為作者隨筆代表作，闡述諸多形式的「惡」，或近似「惡」的事物，展現批判性思考的精神和深入洞悉人生、社會與文學的大膽異論。

・《憂國》，三島由紀夫／著，劉子倩／譯，二〇一四年十一月，大牌出版公司出版。本書收錄三島十六歲至三十六歲的作品，作者說：本書描寫的性愛與死亡光景，情色與大義的完全融合與相乘作用，堪稱我對人生抱以期待的唯一至福。

〔注釋〕

・介錯指在切腹儀式中為切腹自殺者斬首以期更快死亡，免除長時間的痛苦折磨。

的愛存在，那麼我的情形正屬這個。我看近江的目光，每一個眼神都可以說是『最初的一瞥』，換句話說，也是『最欣羨的一瞥』。這種無意識的舉動，不斷侵蝕我十五歲的純潔。」他不想「愛聰明的人」，由是愈加顯現他對近江的肉體產生的自卑與在才智的優越性互作比較，然而，肉體的自卑和才智上的優越始終困擾他。

三島認為一切藝術都是假面告白，說道：「他人眼中看作我的演技，對我來說卻體現到回歸本質的要求；他人眼中顯現為自然的我，卻恰恰是我的演技。」作者運用告白方式，試圖拂去人性偽善，他藉由小說的傳播力量，揭示隱藏在自己內心深處的性傾向，並將埋藏意識深層的性欲望，毫無保留的自白出來，進行冷靜分析，予以分辨人類性思維的本質和非本質的奧義。

李永熾教授說：「如何克服或統合自卑與優越這兩種相對的意識，自是三島由紀夫的主要課題，事實上，三島是藉『時間與空間混雜交錯的舞臺』——『演技』，使這兩種相對的意識組合起來。在由主角扮演的『天勝』中，三島敘述說：『我的狂熱集中在自己扮演的天勝晾在諸多眼睛的意識中，只看到自己。』換言之，藉演技意識到諸多眼睛，而在其漩渦中自然統合了自卑與優越。事實上，在《假面的告白》中，閱讀所引發的想像及生活中的現實體驗都靠『演技』統合似真似假的境界。」

完全憑主角的夢想意識軌跡構成的《假面的告白》，不能單純的以同性戀題材視之，在真假相迭的世界，在呈現真實自我的私小說領域，這本書是「小說中的小說」。

經典名句

- 一種莫名的傷感使我全身顫抖，像孤獨的太陽灼燙我。
- 把自己偽裝成正常人的意識，侵蝕了我本來的正常狀態，人們所見的正是我偽裝的正常。
- 眼睛因把我當成同類而露出難得一見的親密光芒。
- 再沒有比我的敏感部位勃起更能明白顯示愛的存在。

32

兵不厭詐

風林火山·井上靖

其疾如風，其徐如林，侵掠如火，不動如山。

作者·井上靖

一九〇七年出生北海道旭川町，原籍靜岡縣田方郡上狩野村的井上靖，父親井上隼雄任職旭川第七師團軍醫部。五歲離開父母回家鄉伊豆，由曾祖父的妾室加乃撫養。

一九一四年，井上靖進入湯の島小學，就讀二年級，母親的妹妹美琪從沼津女子學校畢業回家鄉，受聘到湯の島小學擔任代課老師。美琪十分疼愛井上靖，他也喜歡年輕貌美的漂亮姨媽。心目中，美琪替代遠在旭川的母親形象，他把對母親的思念轉化對姨媽的喜愛。

後來，姨媽愛上學校一位年輕男同事，懷孕後辭職離校。

懷有身孕的美琪為了避人耳目，趁夜搭乘人力車出嫁。這段情節，出現在日後寫作的《拉車的白馬》。姨媽出嫁不久因病去世，她美好的青春影像留在井上靖心中，發展成永恆的女性偶像。

這種對母親的思念之情，寄託在年輕姨媽身上的想望，井上靖將之表現在《射程》中的三石多津子、《冰壁》中的美那子、《風林火山》中的由布姬和《灰狼》中的忽蘭，這些令人憧憬的溫柔女性，幾乎化身自姨媽的形象。

就讀中學二年級時，父親轉任臺北衛戍區病院院長，他則轉校到沼津中學，住在三島的伯母家。離開雙親的約束管教，井上靖的成績一落千丈，四年級時被送到沼津的妙覺寺寄宿，個性變得懶散，學會抽菸和喝酒，也結交不少愛好文學的朋友，文學開始在心中萌芽。

一九三〇年，進入九州帝國大學法文系就讀，興趣所致，兩年後重考進入京都帝大文學系哲學專科，專攻美學。由於中學時代接觸中國歷史、文化，進大學後，涉獵中國文史，閱讀《史記》、《漢書》以及《後漢書》等史籍。

一九三七年中日戰爭爆發，徵召入伍，去到中國河北，四個月後因腳氣病

▲ 位於伊豆「昭和の森」的井上靖舊邸

文學地景：

長野縣：千曲川/犀川の川中島/八幡原史跡公園/輕井澤。

岐阜縣：木曾古道/中山道馬籠宿/中山道妻籠宿。

富山縣：黑部湖/立山。

▲ 長野市八幡原史跡公園為「川中島大合戰」古戰場

▲ 八幡原史跡公園為「川中島大合戰」重要地景

發作返國，同年退伍。戰爭結束，陸續在關西地區的雜誌和報紙發表詩作，一九五〇年以小說《鬥牛》獲芥川獎。一九五八年，詩集《北國》問世，相繼出版《地中海》、《運河》、《季節》、《遠征路》、《乾河道》、《星闌干》等詩集。一九四〇年代末期，開始從事歷史小說創作，描寫敦煌千佛洞由來的《敦煌》、講述成吉思汗的《灰狼》、以朝鮮人立場描寫元寇的《風濤》、追溯大黑屋光太夫漂流生涯的《俄羅西亞國醉夢譚》等作品，成就他歷史小說作家的地位。一九七六年榮獲日本文化勳章。

與司馬遼太郎並列中國歷史小說創作大師的井上靖，一生走訪中國二十七次。一九八〇年，高齡七十三歲，受邀擔任ＮＨＫ電視臺《絲綢之路》藝術顧問，與日本廣播協會、中國中央電視臺攝製人員，在戈壁驕陽和大漠風沙中尋訪絲路古道，不僅使自己成為中國歷史專家，且掀起一陣世界性的「敦煌熱」。

一九九一年一月二十九日，因病去世，戒名峰雲院文華法德日靖居士，葬於靜岡縣伊豆市湯の島，葬儀委員長為司馬遼太郎。井上靖是繼川端康成後在伊豆留下最多足跡的文學家，他就學的湯の島小學、井上靖文學碑、矗立在湯の島山丘上的井上靖慰靈詩碑，以及位於「伊豆の森」的井上靖舊邸都成為文學景點。

井上靖一生受獎無數，著作上百冊，小說、詩歌、隨筆、紀行等，包括：《流轉》、《夏草冬濤》、《流沙》、《孔子》、《風林火山》、《敦煌》、《旅路》、《天平之甍》等。

關於《風林火山》

一九五五年由新潮社出版的《風林火山》，是日本作家井上靖著名的歷史小說，敘述十六世紀上半葉的戰國時代，參與今川義元家族鬥爭，仕官被拒的山本勘助，投靠武田信玄成為軍師後，在一五六一年第四次川中島會戰中因提出啄木鳥戰略，反被上杉謙信識破，最後硬衝敵營，不幸敗北陣亡的故事。是日本戰國時代的縮影。

「風林火山」是武田軍的旗號，語出《孫子兵法》：「故其疾如風，其徐如林，侵掠如火，不動如山，動如雷震。」。井上靖在著作中引用了包括孫子、莊子和司馬遷《史記・南越傳》的名言名句，如「兵は詭道也」，即孫子所云：「兵不厭詐。」

小說描述打著《孫子兵法》名言：「其疾如風，其徐如林，侵掠如火，不動如山。」為旗號的武田信玄，是戰國群英中少數智勇雙全、用兵如神的武將，他以「風林火山」的精神和謀略開疆拓土。著名的「啄木鳥戰術」即是武田氏主要戰術之一。

這種戰術是模仿啄木鳥「捉蟲時敲擊樹的背面，再在樹的正面等蟲出來」，由家臣兼軍師山本勘助在第四次川中島合戰提出的戰法。武田軍兵分兩路，本隊八千人，奇襲隊一萬三千人，利用晨間進攻上杉軍營。

中文版本：

- 《風林火山》，洪維揚/譯，二〇〇七年十一月，遠流出版公司出版。

可惜武田軍的對手是素有「軍神」之稱的上杉謙信，「啄木鳥戰法」為他識破。黎明時刻，武田軍本隊受上杉軍一萬六千大軍猛烈攻擊，山本勘助為負敗戰重責，突進上杉軍，戰死。激戰至午前，武田軍奇襲隊匆匆趕到，但上杉軍早已撤退。「啄木鳥戰術」在第四次川中島合戰中雖遭上杉謙信破解，但武田信玄在擴展版圖過程的多次戰役中，使用這個戰術，屢屢獲取勝利，並得到「天下第一騎兵隊」的美譽。

武田信玄以雷霆萬鈞之勢平定信濃，夢想揮軍西上，一舉入都，卻接連發生五次川中島之戰，以及迎擊德川軍的「三方原之戰」，大捷，攻下野田城。兩個月後，因胃癌、食道癌復發，病逝今長野縣下伊那郡阿智村。

日文版《風林火山》

延伸閱讀：

- 《櫻花武士歷史之旅》，陳銘磻/著，二〇一二年八月，大塊文化公司出版。本書詳述日本史上知名的武士與武家，如平清盛、源賴朝、宮本武藏、佐佐木小次郎……，生平事蹟及文史景點，規畫歷史行旅，緬懷悲劇英雄造就日本獨特的人情義理與美學。
- 《戰國武將歷史之旅》，陳銘磻/著，二〇一三年四月，大塊文化公司出版。本書帶領讀者走進戰國時代，北条早雲、上杉謙信、武田信玄、織田信長、豐臣秀吉、德川家康、伊達政宗、毛利元就、鍋島直茂等武將的文史地景，賞遊歷史陳蹟。
- 《我的母親手記》，井上靖/著，吳繼文/譯，二〇一三年五月，無限出版公司出版。作者以十年時間，記錄了母親八十到八十九歲的失智生活。冷靜、細膩的觀察，試圖為母親編綴逐漸斑駁的記憶，是兒子重拾對母親的愛，一部動人的親情羈絆、感人的家族之愛的著作。
- 《初始：井上靖的童年與青春》，井上靖/著，吳繼文/譯，二〇一四年七月，無限出版公司出版。本書描述作者遠離父母，與毫無血緣關係的祖母，住在一間倉庫中度過慘淡的童年時代、自由的中學時代、狂熱的青春，是一本放浪文學的回憶錄。

33 怎樣才能開出美的燦爛花朵

潮騷・三島由紀夫

男人需要的是魄力，門第和財富倒是次要的。

作者・三島由紀夫

關於《潮騷》

一九五一年，三島由紀夫以朝日新聞特別通訊員的身分，自橫濱搭船出海，開始環遊世界的文學旅行，是有生以來第一次的夢想之旅，他在希臘獲得西方文明的美學體驗，形成日後寫作《潮騷》的關鍵。

一九五三年三月和八月，他先後兩度前往三重縣伊勢灣的歌島（今稱神島）旅行，並蒐集《潮騷》的寫作材料。隔年六月，《潮騷》由新潮社出版，同時為該書改編拍成電影進行前置作業，這部萬眾矚目的電影，由東寶映畫於十月拍攝完成，小說與電影推出不久，大受好評，是年年底，新潮社創立第一屆

「新潮社文學賞」，三島以《潮騷》一書拿下首屆大獎。

潮騷，日文稱しおさい，原意指潮水洶湧拍擊岸邊所發出的浪濤聲。三島寫作《潮騷》的遠因在於希臘旅行中，對希臘的歷史及文化美學體驗良多，使他強烈感受生命力的重要性；因而萌生以古希臘文學家朗戈斯最出色的田園愛情小說《塔夫尼斯與克蘿婀》為藍本，寫出一部日本式的現代愛情傳奇，講述與肉慾無關的純潔愛戀，藉以讚頌樸素真摯的情愛。這個意念的形成，正是《潮騷》誕生的近因。

《潮騷》以戰後漁村生活和愛情為題材，描寫父親在戰爭中喪命，家境清寒的十八歲年輕漁夫久保新治，以及財勢雄厚的船主的獨生女宮田初江的戀情，兩人從無意間相識、相知，到相愛，期間屢遭挫折，卻堅貞不渝，最後有情人終成眷屬。作者透過全身洋溢純真之美的女主角初江，勇於衝破世俗對男女情愛的偏見，她鄙視以門第財富為誘因的愛情，執著追求真愛，憧憬美好的未來。儘管她和男主角新治的性格、家庭環境，差異極大，但兩人純樸又善良的內心卻相通。作者藉由女主角的父親照吉，故意製造障礙，探測女兒和新治的

日文版《潮騷》

▲《潮騷》文學舞台：鳥羽

文學地景：
三重縣鳥羽市：鳥羽港/御木本幸吉真珠島。
三重縣：伊勢灣歌島/八代神社/歌島燈塔。

▲ 鳥羽神島的八代神社是主角出沒地

▲ 新治和初江出現在鳥羽神島的燈塔

愛情指數，表明只要新治能經歷人生風雨，遍嘗人間辛酸，才能獲得初江。

三島說：「《潮騷》是以《塔夫尼斯與克蘿婀》為藍本，尋覓被文明隔絕，卻瀰漫淳樸美學的小島。」《塔夫尼斯與克蘿婀》著墨刻畫主角戀愛中的歡樂和痛苦，甚且謳歌樸素和真摯的愛情；三島的《潮騷》則藉諸富家女兒和家貧如洗的年輕漁民，強烈的反差性格，鋪展清淡有味的內在衝突，更讓讀者見識伊勢海灣歌島村純樸的漁民，良善的靈魂。

認為世界充滿「虛妄」的三島，經過一趟浪漫的希臘文明的洗禮，但願戰後一片虛妄的吶喊聲中，能為文學內涵放置美麗燦爛的圓輪花朵。

構思《潮騷》的寫作，以及完成《潮騷》的出版，便是源自這種心情。

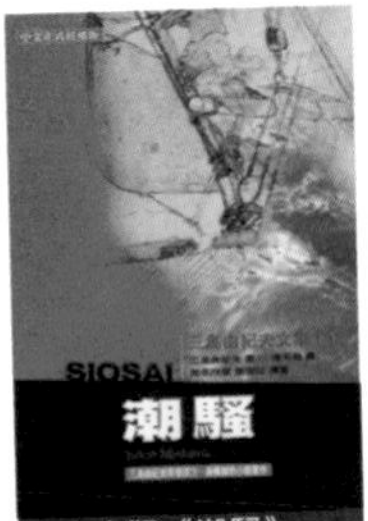

中文版《潮騷》

中文版本：

- 《潮騷》，唐月梅／譯，二〇〇三年一月，木馬文化公司出版。

延伸閱讀：

- 《三島由紀夫文學之旅》，陳銘磻／著，二〇一一年十二月，凱信企管公司出版。本書透過導讀三島由紀夫的生平與創作，解讀絢爛豪華的文學夢，探訪《金閣寺》、《潮騷》、《假面的告白》、《春之雪》、《天人五衰》等名作的經典場景。
- 《太陽與鐵》，三島由紀夫／著，邱振瑞／譯，二〇一三年六月，大牌出版公司出版。本書表達人類透過意志可以使意志和肉身轉換成太陽和鐵的意志。作者將自己的信念凝聚成太陽，是自我意識下所做最大限度的告白之作。
- 《我青春漫遊的時代：三島由紀夫的青春記事》，三島由紀夫／著，邱振瑞／譯，二〇一三年九月，大牌出版公司出版。本書收錄十六篇散文，漫談青春期天馬行空般的想法、風花雪月的生活——對異性的好奇，最初的戀愛經驗，難以啟齒的性愛幻想，男同學間的淫猥豔話、黃色笑談，青春期的自卑感及其裝腔作勢等。

「在『虛妄』之上，要如何才能開出美的燦爛花朵？」這是何等深奧的議題！三島以他對文學的熱愛，用《潮騷》寧靜中的波折，甚至波折中美的寧靜去完成；這和他人生末期，以殉美、殉道和殉死為依歸，完成對「虛妄」的態度，同出一轍！

曾經五度改編拍成電影的《潮騷》，看來極似尋常愛情小說，經由「心靈虛妄」的三島敘述描寫，彷彿神話，又像是現代寓言美學，引人入勝，使人心甘意願進入那個樸素又寧靜，波折不斷的情愛故事裡。

經典名句

- 新治明白過來這不是夢時，腦海閃過一個狡黠的念頭。
- 就是這種彈力！原先我所想像的藏在紅毛衣下面的，就是這種彈力啊！
- 不要，不要……出嫁前的姑娘不能這樣！

34

美麗的景色是地獄啊！

金閣寺・三島由紀夫

這美麗的東西不久即成灰燼。

作者・三島由紀夫

關於《金閣寺》

一九五六年出版的《金閣寺》，是三島由紀夫創作中期的代表作，全文刊於一九五六年的《新潮》雜誌，同時由「新潮文庫」出版，翌年榮獲第八回讀賣文學獎；該書以位於京都北區的金閣寺縱火案為背景寫成，作者相對投入不少心血刻畫夢與幻境。

《金閣寺》甫出版問世，即獲驚人迴響，讀者對這部小說所欲傳達的美學內涵，抱持熱烈的尋索嚮往，紛紛議論三島如何能將一則見習僧侶燒燬金閣寺的新聞，寫成「絕美的金閣寺」、「美麗的景色是地獄啊」。

中文版《金閣寺》

中文版本：

- 《金閣寺》，陳孟鴻/譯，一九七一年三月，志文出版公司出版。
- 《金閣寺》，鍾肇政、張良澤/譯，二000年七月，大地出版社出版。

金閣寺原名「鹿苑寺」，一三九四年由幕府將軍足利義滿建造，因金碧輝煌的外觀，倒映在湖面，顯露金色樓閣的迷濛水影，被人們譽稱「金閣」，是鎌倉時期西園寺公經的別墅。一九五〇年七月二十日，一位就讀大谷大學，韓國籍的見習僧人林承賢引火自焚，金閣寺遭燒燬，連同供奉殿中的國寶、足利義滿雕像均化為灰燼；金閣被焚燬的事件震撼全日本，不久，三島由紀夫、水上勉兩位作家相繼拿這則新聞為題材，寫下《金閣寺》、《五番町夕霧樓》。

一九六五年九月，三島由紀夫以《金閣寺》一書獲提名為諾貝爾文學獎候選人，該書譯有十三國文字，英譯書名《The Temple of the Golden Pavilion》。這本書被學界公認是三島最具象徵性、最耐人尋味的作品，日本文壇讚譽為三島美學的最高傑作。歷年來，三次搬上大銀幕和改編成舞臺劇。

▲ 看「雪金閣」，成為京都人雪季的最愛。

文學地景：
京都：金閣寺/鏡湖池/夕佳亭/大谷大學/相國寺/南禪寺/嵐山/小督局娘之墓/舞鶴。

▲ 金閣寺夕佳亭是《金閣寺》另一場景

▲ 《金閣寺》的主場景：夏季的金閣寺。

書中描寫患有口吃的青年僧侶溝口，出生京都舞鶴東北角一座小寺院，父親是這座寺院的住持。溝口天生患有嚴重口吃、長相醜陋，從小聽聞父親講述金閣寺的陳年舊事，父親的說詞，在他年少的心中，激起對金閣無限美的幻象；心裡雖崇尚極致美，但口吃障礙，導致他跟外界阻絕，一逕自我沉溺在夢幻中；三島安排這個被從人生中疏離的少年，產生「在黑暗的世界中伸展大手等待著」的自覺與對美的詛咒，最後為了擺脫美的形象羈絆，縱火焚燒「美得驚人」的金閣寺。

他的「伸展大手等待」即是期待美的金閣被燒燬。一開始，他便相信自己對金閣的美是「我跟金閣寺同住在一個世界裡」，直到日本戰敗，他內心扭曲與幻滅的意識不斷加深，對金閣的愛恨與日俱增，形成「金閣寺與我的關係已經斷絕了」。

後來，經由師父奔走引薦，進入大谷大學就讀，並在學校認識患有嚴重內八字腿的柏木，柏木是個想法虛無的青年，經常傳授他「惡」的意念。溝口受到柏木的影響極深，柏木甚至慫恿他強暴女人，以期藉由跟女人交媾的行為，達到參與「人生」的目的；不幸的是，兩次的行為，腦中都浮現金閣的幻影，這絕美的幻景，沉重阻礙他無法順利參與「人生」。

《金閣寺》一書付梓前，評論家中村光夫曾向三島提及：「我認為刪去第十章火燒金閣寺的場景，好不好？」三島回答：「但是，做愛到了一半卻中斷，對身體是有害的啊！」

絕美的金閣，三島如是形容：「美，君臨天下，統攝著這些部分的爭執和矛盾，解決一切的不調和。」

《金閣寺》出版迄今已然超過半個世紀，三島在這部盛年時期完成的小說，

經典名句

- 金閣猶似橫渡「時間之海」而來的一艘美麗的船。
- 金閣已不是不動的建築物，而是現象界虛幻無常的象徵。
- 愛他的人的心，由於不安而悸動。
- 美麗的景色是地獄啊！

不僅將罪犯行為藝術化，甚而透過華麗又優美的文筆美化金閣寺，讓這一座被患有口吃的見習僧人溝口形容為「非將金閣燒燬」的寺院，化成美的永恆幻影。

堪稱三島文學創作巔峰之作的《金閣寺》，能在世界文壇閃爍璀璨的文學光芒，除了構築在作者以巧思布局縱火者溝口將美的金閣毀滅的行為，代表「瞬間即永恆」的細密情節；顯然，三島純美華麗的文筆所建構的文學殿堂，更是這部小說經過半個世紀後，仍為許多讀者愛不釋手的主因。

閱讀《金閣寺》不由令人對作者在作品中表露傳統的日本美學，所彰顯的典雅、華麗的文字，翩然傳達的藝術境界，感到讚佩不已。

日文版《金閣寺》

延伸閱讀：

- 《春雪》，三島由紀夫/著，唐月梅/譯，二〇〇二年十月，木馬文化公司出版。本書為作者《豐饒之海》四部曲首卷，娓娓道來一段纖麗細膩的宮闈愛情悲劇，故事時空擴及輪迴轉世，充滿東方情調，讀來令人讚嘆動容。
- 《奔馬》，三島由紀夫/著，許金龍/譯，二〇〇二年十月，木馬文化公司出版。本書為作者《豐饒之海》四部曲第二部，描述十九歲的阿勳，一心效法「神風連」的救國壯舉，企圖刺殺使日本腐化的財政界要人，終於賭下自己的性命。
- 《曉寺》，三島由紀夫/著，劉光宇、徐秉潔/譯，二〇〇二年十月，木馬文化公司出版。本書為作者《豐饒之海》四部曲第三部，人物本多在此書中步入唯識論所開示的令人目眩的世界，孜孜探索輪迴的主體。
- 《天人五衰》，三島由紀夫/著，林少華/譯，二〇〇二年十月，木馬文化公司出版。本書為作者《豐饒之海》四部曲壓軸之卷，反映作者把自我世界所存在的美學思想和全部創作融入作品中，體大思精，文思浩蕩。

35

小人物在大環境中掙扎的眾生相

作者・大江健三郎

飼育・大江健三郎

刻畫了超越個人的意志和熱情，與自然和時間進行搏鬥的形象。

一九三五年一月出生四國愛媛縣喜多郡大瀨村的大江健三郎，是日本當代著名的存在主義作家。從小聰敏過人，喜好閱讀文學書籍，小時購得的第一本書是杜斯妥耶夫斯基的《罪與罰》。中學就讀松山高中，一九五四年四月進東京大學文科第二類法文系就學，因成績優異獲獎助學金，生涯第一篇文學作品是在入學時為同學演出所寫的〈天嘆〉，後來加入文藝部社團，參與校刊編輯，寫詩和評論。

一九五五年九月在東大教養學部校友會的會刊《學園》以〈火山〉獲銀杏並

木賞。一九五七年五月在《東大新聞》發表〈奇妙的工作〉獲文藝祭獎，贏得「學生作家」、「川端康成第二」讚譽。一九五八年又以〈飼育〉獲第三十九屆芥川賞，逐漸受日本文壇關注。

翌年，從東大畢業，論文是《沙特小說之感想》。

大江求學期間，已是多產作家，陸續出版《死者的奢侈》、《他人之足》、《石膏假面具》、《偽證之時》、《運搬》、《鳩》、《毀芽棄子》、《意外的芽》、《喝采》、《戰爭的今日》、《北之島》、《夜慢行》、《此外的地方》、《我們的時代》等作品。

一九六〇年二月，大江跟導演伊丹十三的妹妹伊丹由加理結為連理，生下身體嚴重殘障的畸形兒，小孩後腦長出肉瘤，就像多長了一個腦袋似的，多次手術都沒成效，大江一度跑到江之島試圖投水自盡，後來認清事實，認為逃避現實，將愧對家人和妻子，因此更加勤以寫作療傷。

關於以兒子「光」為主題的作品包含早期的《個人的體驗》、《萬延元年的足球隊》與一九九〇年的《寂靜的生活》。

一九六〇年開始，以反戰為題，大江在《文學界》雜誌連載《青年之汙名》。一九六二年，一名好友因擔心核戰將毀滅地球，自殺身亡，大江有感而發，前往廣島探究原子彈轟炸過後的廢墟。一九六四年四月，在《世界》雜誌連載半年的《廣島筆記》，奠定他成為大文學家的地位，該書受到廣大迴響，每年約有一萬人左右閱讀。

大江所有作品中，《萬延元年的足球隊》最受推崇，譯成多國文字，一九六七年獲第三屆谷崎潤一郎賞。一九七三年長篇小說《洪水淹沒我的靈魂》榮獲第二十六屆野間文藝賞。二〇〇六年，寫作五十周年、講談社創立一百周年，共同設立「大江健三郎賞」。

一九九四年，因作品「存在著超越語言與文化的契機、嶄新的見解、充滿凝練形象的詩這種『變異的現實主義』，讓他回歸自我主題的強烈迷戀消除了語言等障礙。」榮膺諾貝爾文學獎。有人得知大江獲獎相當驚訝，認為「持續批評日本的態度」才是大江受瑞典學院青睞的原因。大江解釋，他的獲獎是「邊緣（文學）對中心的勝利」，他認為從文化角度看，日本應該被視為世界的邊緣。

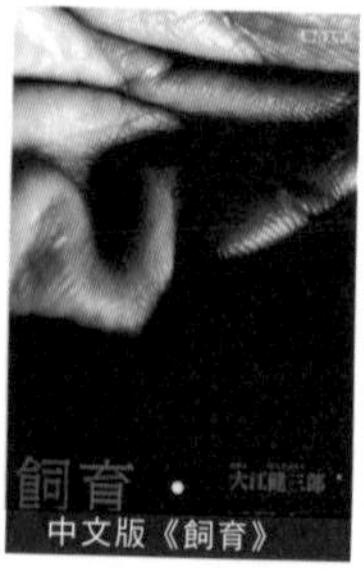

中文版《飼育》

中文版本：

・《飼育》，林水福、陳諭霖/譯，二〇一一年八月，聯合文學出版公司出版。

同年十二月十日，大江健三郎在瑞典首都斯德哥爾摩的諾貝爾頒獎典禮上，領取文學獎獎章。瑞典文學院指出大江文學成就在於：「以詩的創造力，把現實和神話作密切結合，表現了想像的世界，並對人間樣態，做出衝擊性的描述。」

大江健三郎後期的寫作，主要為《奇怪的二人配》三部曲：《被偷換的孩子》、《愁容童子》、《別了，我的書！》。三部曲之後，二〇〇七年發表了《優美的安娜貝爾·李寒徹顫慄早逝去》。二〇〇九年十月八日凌晨，在臺北旅次完稿的《水死》於十二月十五日由講談社出版。

關於《飼育》

《飼育》（死者の奢り・飼育），一九五九年新潮社出版，收錄六篇小說：

飼育、死者的招待、他人之足、人羊、不意之啞、今日之戰。大江健三郎早期成名作，發表於一九五七、五八年，先後受二次世界大戰影響，主題充滿反戰思想，其中〈飼育〉獲第三十九屆芥川賞。

小說描述日本某個山間小村落，即便面臨戰火硝煙的第二次世界大戰，村子依舊保持半封閉的烏托邦世界。某天，一場墜機事件巧妙的攪亂了村落安寧。村子裡的男人在墜機現場逮到一名黑人，因為不知如何處置，暫時將他關進地窖，等候「鎮上」吩咐。

問題來了，村子多了個陌生人，全村的人必須輪流負責飼養這名黑人士兵。這時，一名剛邁入青春期的男孩，負責送飯給黑人。士兵溫和的態度，迫使男

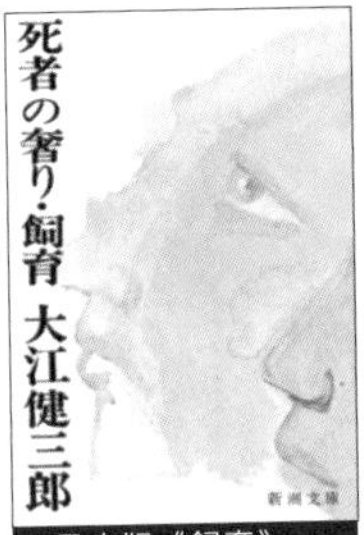

日文版《飼育》

延伸閱讀：

- 《沖繩札記》，大江健三郎/著，陳言/譯，二〇〇九年十月，聯經出版公司出版。本書描述始終被日本和日本人置之不顧的沖繩，當地人痛苦的執著鬥爭。作者藉由多次訪問沖繩，徹底追問：何謂本土？所謂日本人在關注何物？何謂戰後民主主義？
- 《優美的安娜貝爾·李寒徹顫慄早逝去》，大江健三郎/著，許金龍/譯，二〇〇九年十月，聯經出版公司。本書描寫一位女明星櫻波濤萬丈的一生，即使沉睡三十年的祕密赤裸裸公諸於世，她仍拚搏到最後一刻，就是要拿回自己的人生。
- 《水死》，大江健三郎/著，許金龍/譯，二〇一二年四月， 聯經出版公司出版。本書以父親「水死」開端，揭開所有祕密真相，發掘小說家精神中的暗流。「水死」象徵為時代精神殉死。

孩義無反顧的替他解開腳鐐，離開地窖，重新回到地面上。雖然雙方言語不通，村子裡的小孩卻很喜歡他。黑人和村人很快建立友誼。

不久，裝著義肢走路的村幹事帶來必須將黑人送到「鎮上」的壞消息，震驚村人。當面對眾人包圍，黑人瞬間陷入瘋狂，原本照料他的男孩被抓去當人質，反鎖到地窖。

〈飼育〉所欲傳達的「飼育」不是黑人，而是村落蠢蠢欲動，即將面臨的「變化」。一種是男孩因為這個事變衍生長大成為男人，另一種是封閉的小鎮因為外力侵入，以及內部產生質變所引起的變動。也就是，村人被迫和「鎮上」進行交涉，像是新生了一種現實的幻化物，迫使他們面對自己的無力感，是一種變化；以及黑人對孩子來說就像夏日忽然出現的新鮮事物，是童年的燦爛存在的具體意象，更是一種變化。

作者敘述，真正讓男孩受傷的，不是發狂失控的黑人的出現，破壞村落原有的平衡，反而是聚集在地窖天窗外，那群試圖闖入的大人，他們不顧一切的暴力行為，讓男孩的心靈深受衝擊。真正失控的，不是從頭到尾成為村人「鏡子」的黑人，而是被混亂支配的大人。然而，當這個寧靜村落，在黑人發狂、被殺害之後，美好烏托邦的意象也跟著走向毀滅境地。

最終，村子裡的孩童拿失事飛機的殘骸尾翼，當滑橇使用。那個唯一能夠理解男孩的「鎮上」幹事，卻要孩子將滑橇借給他使用，進而滑向死亡的印記，彷彿告訴世人，男孩的成人儀式終告段落，這時，新生或死亡，純真或混亂，悲傷或平靜，混雜一起，像撥開混沌不明的未來。

經典名句

- 對於成年世界，我有一種抵制厭惡的感覺，在本該無憂無慮的童年，而我卻被強迫長大。
- 月夜下掏鳥窩、玩扒犁、抓野狗仔——這一切都是小孩的把戲，而我已與那個世界無緣了。

36 披露人性與社會黑暗面

砂之器・松本清張

是什麼樣的完美犯罪，讓警方不惜南北追尋線索？

作者・松本清張

一九〇九年出生九州小倉北區一個商販家庭的松本清張，家境清寒，幼年失學，十三歲被迫輟學謀生，當過學徒、街頭小販，做過朝日新聞社駐小倉西部本社廣告製圖工。一九四三年被徵召入伍，前往朝鮮任衛生兵。二次世界大戰結束，遣送返國，仍舊回到報社擔任原職。

戰後初期，日本經濟蕭條，為養活七口之家，他奔波關西和九州之間，批發販賣笤帚。回憶錄《半生記》深刻描繪了這段長期遭受歧視的辛酸往事，可這屈辱的生活，反而為他的思想提供了真實見證，成為他創作本源。《菊花

▲「松本清張紀念館」設在九州小倉城邊

文學地景：
秋田/島根/伊勢/石川/大阪/京都/名古屋。
熊本市：熊本城松本清張紀念館。

▲ 九州小倉北區城內松本清張紀念館

▲《砂之器》電影海報

枕》、《斷碑》等著作，在在展現逆境生活和改變命運的佐證。

一生創作不輟的松本清張，一九五五年以《埋伏》一書躋身推理小說作家之列，他以權與法、善與惡、罪與罰等社會問題為題材，披露人性與社會黑暗面。作品最大的特色就是用推理方式，探索追究犯罪根源，揭露不公平社會的惡習，深切反映人性潛在矛盾和苦惱。《砂之器》、《波之塔》、《霧之旗》等小說被改編成電視劇或電影。一九五三年獲芥川賞、一九五六年獲日本探偵作家クラブ賞（日本偵探作家俱樂部獎，為「日本推理作家協會獎」的前身）、一九五九年獲文藝春秋讀者賞、一九六六年榮獲吉川英治文學賞、一九七〇年獲菊池寬賞、一九九〇年獲朝日賞。多產的松本清張，是日本推理小說的指標性人物。

坐落小倉城一隅的「松本清張紀念館」，是出身小倉板櫃村，著名推理小說作家松本清張的文學特別室。紀念館以展示品和圖像，介紹松本清張的生平與創作活動。其中，長二十二公尺，由松本清張的出生和寫作年表，以及與當代新聞結合構成的巨大圖表更具張力。尤其，推理劇場播映原創動畫片《點與線》，更具吸引力，紀念館還呈現可供查閱松本清張相關著作的圖書室、紀念品販售處、閱覽室、咖啡館等，是一座現代化建築的文學館。

關於《砂之器》

屬於臺灣四、五十歲推理迷，共同記憶的《砂之器》，紀實了人可以戰勝命運，卻無法正常面對它；人的命運有缺口，但別用出賣靈魂去遮掩。作者說：「所謂宿命，是活在這個世界。」又說：「用砂鑄成的名器，是如此地不堪一擊。」是嗎？松本清張在《砂之器》創造了好幾個關鍵謎題，讀者最想知道，兇手到底是誰？龜田？秀夫？音樂？砂之器又是怎樣的武器？

以「人性世界」為主軸的《砂之器》，是松本清張創作的社會派推理小說，書名意指「砂子做成的城堡」。一九六〇年五月十七日到一九六一年四月二十日，在《讀賣新聞》晚報連載，同年由光文社出版。松本清張說故事的步調緊湊不繁瑣，劇情高低起伏有張力。

小說敘述一九七一年某夜，一名男子無端被殺害，陳屍在國有鐵道蒲田站編組場。經過調查，被害人的身分不明，死因是被鈍器擊破頭部，導致前頭蓋骨凹陷致死。唯一可靠的線索是，被害人生前曾在鄰近一間小酒館與一名陌生人飲酒，談話間不時流露東北口音，並曾多次提及「kameda」這句令人丈二金剛摸不清頭緒的話。

被害人後來被證實是從岡山縣英田郡外出旅行的三木謙一。儘管知道被害人身分，警視廳的調查工作依然困難重重。搜查一課的刑警今西榮太郎頂著烈日，遠至東北秋田、島根深山、大阪、京都、名古屋，歷經數月奔波探訪，精心追蹤三木謙一生前的作為，注意到一名叫本浦秀夫的男性，這個人出生石川縣小村落，父親因罹患痲瘋病遭母親離棄，父子從此流浪異鄉，三年後，去到

中文版《砂之器》

中文版本：

- 《砂之器》，邱振瑞/譯，二〇〇六年十二月，獨步出版公司出版。

日文版《砂之器》

延伸閱讀：

- 《半生記》，松本清張/著，邱振瑞/譯，二〇〇九年十一月，麥田文化公司出版。他的命運在四十一歲那年遇到轉折。這裡記載的是他前半生的絕望和痛苦，也是底層人們的絕望和痛苦。
- 《火之路》，松本清張/著，高詹燦/譯，二〇一四年八月，獨步文化公司出版。藉由歷史推理，松本清張批判日本大學名校的學術黑暗面，讀起來心有戚戚焉。
- 《水之肌》，松本清張/著，吳奕嫻/譯，二〇一五年六月，新雨文化公司出版。就在一個「不合理」的人獲得成功、奪走所有「合理」的他應該得到的榮耀時，莫名的憤怒在他心中燃起。

島根縣龜嵩郡，受到巡查三木謙一照應，父親後來得以順利進入療養所，而本浦秀夫也被沒有子嗣的三木夫婦收養。

好景不常，沒隔多久，秀夫從三木家逃跑，從此消失無蹤。原來秀夫逃到大阪，在和賀家的腳踏車店當學徒；之後，和賀夫婦因空襲雙亡，秀夫假託和賀夫婦之子，化名和賀英良；日後，他依託政治勢力成為頗有名望的作曲家，受到世人關注。不過，深怕自己的身世有朝一日被發現，於是把突然來訪並希望他探望生父的三木在蒲田車站殺害。隨著取名「宿命」的秀夫個人音樂會的落幕，在場外等待他的，是警視廳簽發的逮捕令。

今西刑警揭開重重疑雲，交織出一部不可解的宿命樂章。

經典名句

- 麵條乾隨著嫩葉的芳香而發光。
- 北方之旅，因淺藍色的海洋沖淡了炎熱的夏天。
- 不，我才不出去，難得一見醜陋的場面，我還要開開眼界。

37

描繪現代人的疏離心境

砂丘之女・安部公房

一名昆蟲採集者無意間到了沙漠村落，被誘騙進入砂之監獄。

作者・安部公房

一九二四年三月出生東京瀧野川，醫生家庭的安部公房，原籍北海道旭川市。父親曾在中國瀋陽滿洲醫科大學任教，他的小學、中學都在滿洲就讀，一九四三年考進東京帝國大學醫學系，就學期間對大東亞共榮圈的主張極為厭惡、反感，索性偽造病歷逃避兵役，休學回到瀋陽。

戰後，依靠賣鹹菜和煤球維生，一九四七年與山田真知子結婚，繼續未完成的醫學系學業，畢業後棄醫從文，一九四八年完成第一部長篇小說《終點的道標》。《日本文學史》評論：「安部公房寫出《終點的道標》，是戰後文學劃時代的事件。」同年加入花田清輝領導的「夜之會」，開始關注超現實主義，後來又受到生於布拉格的詩人里爾克影響，脫離存在主義，加入日本共產黨，從事政治活動。直到一九六一年與新日本文學會二十八位成員共同發表對抗日本共產黨的聲明，隔年二月，與花田清輝等人遭日本共產黨清算，開除黨籍。

由於長期受存在主義和超現實主義影響，作品竭力揭露社會不公。寫作生涯，作品有：《終點的道標》、《紅繭》、《牆——S・卡爾瑪氏的犯罪》、《砂丘之女》、《他人的臉》、《箱男》、《方舟櫻花號》等。《牆——S・卡爾瑪氏的犯罪》獲芥川文學獎，《砂丘之女》獲第十四屆讀賣文學獎、法國最優秀外國文學獎。

除了小說，安部公房對舞臺劇、電影、電視等藝術創作不遺餘力，曾任美國電影藝術與科學學會的會員。對賽車、攝影、發明興趣濃厚。一九七七年成為美國文理科學院榮譽會員。一九九二年十二月二十五日深夜寫作，突發腦內出血，入院，隔年一月二十二日因心律不整去世，得年六十八歲。往生後，由新潮社出版《飛翔的男人》。

一九九四年獲諾貝爾文學獎的大江健三郎說：「作為戰後隨日本經濟高速增長

期一起成長的作家，安部的創作彷彿是一部日本人的心靈史，那種由於物化現實而導致的人與環境、人與自身的疏離感，充斥作品；作家對這種現實，無論就思考的深度或表現手法的成熟而言，都直逼卡夫卡，如稱他為『日本的卡夫卡』，也不為過。和卡夫卡一樣，安部的作品風格冷峻，意念性強，敘述偏於抽象。他從來都是撇開現實的外部，直接描寫內在結構。比如，他極少完全描寫人物的經歷事件，而是直接表現人物的存在狀態，這使得我們很難看到故事的發生，很難尋求情節的演進，目光永遠被引向人的處境，並思考這樣的處境。」

中文版《砂丘之女》

中文版本：

- 《砂丘之女》，吳憶帆/譯，二〇〇七年九月，志文出版社出版。
- 《砂丘之女》，吳季倫/譯，二〇一六年四月，聯經出版公司出版。

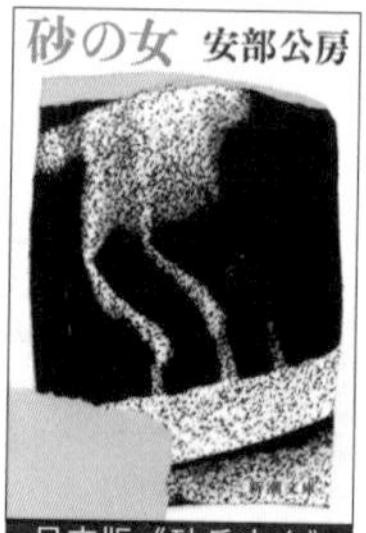

日文版《砂丘之女》

延伸閱讀：

- 《燃燒的地圖》，安部公房/著，鍾肇政/譯，一九九四年四月，桂冠出版社出版。描寫追查失蹤者的男子，自己陷入迷宮中，私家偵探逐漸迷失自我，終至步入屬於別人的沙漠。

關於《砂丘之女》

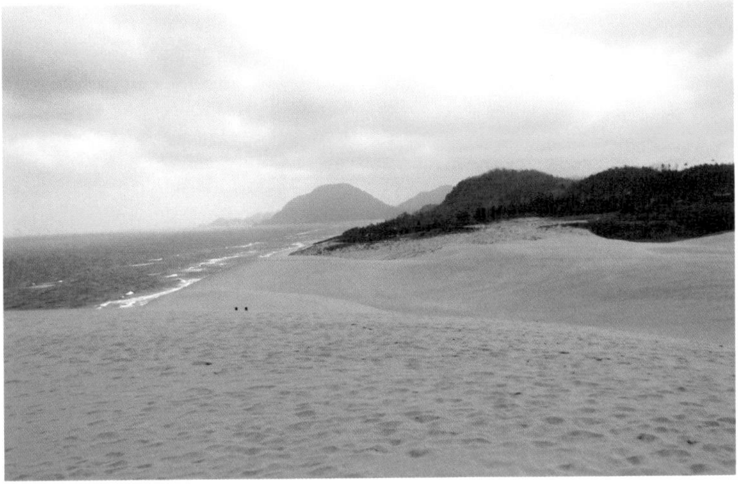

◀ 山陰鳥取縣砂丘海岸線

▲ 鳥取市海岸砂丘

▲ 鳥取砂丘駱駝隊

一九六二年出版的《砂丘之女》，是安部公房的代表作，令他在世界文壇享有極高聲望。小說描述一位愛好採集昆蟲、從事教職的男子，去到遠離都市的海邊砂地，尋找罕見昆蟲，期盼有朝一日自己的名字能列入百科全書，這是他逃離單調乏味生活的方式。一天，因迷路誤闖砂丘村落，在村民哄騙下，到一個因砂崩而失去丈夫和孩子的女人家，女人的家在砂丘地底，隨時有被活埋的危機，她的生活就是每天挖砂給村民，以換取生活必需品，村民要男人協助女人挖砂，形同被囚入監牢。

男人為了不讓自己被砂吞噬，只有日復一日搏鬥，永無休止的挖掘，猶如薛西弗斯推著巨石上山的工作，命運就此永無休止的勞動。他漸漸忘記自己的身分，也相信挖砂是必然的事，即使有機會可以逃走，他也不走，他已經不知道自己可以逃到什麼地方去，甚至發現外面的世界跟在砂丘下挖砂，本質無甚區別。

小說設定在「砂洞內」，暗喻資本主義社會異化，人與人、人與社會互不溝通，處在絕對孤獨的抽象世界，正如作者所言：「沒有一件是不可或缺的。那是參差不齊地堆起虛幻的紅磚所形成的虛幻之塔。總之，日常生活就是這樣，所以任何人也都明明知道這是無意義的，卻還是將圓規的中心置於自己家中。」

又說：「的確，砂並不適合生存。然而對生存來說，安定難道是絕對不可或缺的嗎？難道不正因為固執於安定，所以才開始有那令人厭煩的競爭的嗎？若是不求安定，委身給砂的流動的話，應該也就不會有競爭了。事實上，砂漠中也有花開，棲息著蟲子和禽獸。那是利用強韌的適應能力，逃到競爭圈之外的生物。」

這是一部充滿鮮明意象、存在意識強烈的小說，作者饒富詩情的文筆，使人著迷感動，堪稱文學佳構。

經典名句

- 心臟就像破裂的乒乓球一樣不自然的彈跳起來。雖說缺少可以聯想的東西，可怎麼就又想起了那種不吉利的東西呢？話說回來，十月的風含有令人難受的悔恨的餘韻。

38 物哀與風雅之美

古都・川端康成

日本傳統的殘缺美學和悲劇美學的集結。

作者・川端康成

關於《古都》

川端康成於一九六二年出版的《古都》，藉由二次世界大戰後的京都，一對失散姊妹的離合情懷、男女愛戀、媒妁婚姻，並佐以傳統祭典流露的拘謹意識，呈現日本文化獨特的美學。

一九六八年，川端以《雪國》、《千羽鶴》、《古都》三部小說榮膺諾貝爾文學獎，成為日本文學史上第一人。為他帶來崇高榮耀的三部代表作之一的《古都》，象徵川端後期的小說更臻成熟，他用敏銳而細密的感性思維與慣有

▲ 主角雙胞胎姊妹相會京都八坂神社祇園祭

文學地景：
京都：平安神宮/清水寺/嵐山野宮神社/嵐山竹林/八坂神社/祇園神社/祇園祭/北山杉林。

▲ 雙胞胎姊妹出生京都北山

▲ 北山杉林雙胞胎姊妹「再會」雕像

細膩的文字，毫無保留的表現日本人的心理真髓，展現日本文化中獨特的物哀與幽玄之美。

川端在《古都》以清雅風貌，傳述京都的自然和傳統之美。他讓讀者跟隨主角千重子尋訪京都的名勝古蹟，垂櫻翩然的平安神宮、風雅古樸的清水寺、竹林蕭蕭的嵯峨嵐山、杉林密布的北山、楠木繁茂的青蓮院、盛大的祇園祭、時代祭、伐竹祭、鞍馬山的大字篝火……，好似一幀民俗畫軸，使人從中讀到京都之美。

《古都》講述孿生姊妹佐田千重子和苗子，出生後被分隔兩個不同家庭，長大後相遇、相知、默認，直到最後又分離的故事。

小說從千重子發現老楓樹幹上的紫花地丁開了花說起，敘述出生貧困家庭的千重子和苗子，被親生父母棄養，千重子幸運的讓經營西陣和服批發的太吉郎與阿繁領養，生活富裕；妹妹苗子於父母過世後，被貧寒家庭收養，從小在北山杉林過著用體力勞動，自食其力的生活。失散多年的姊妹，無意間在祇園神社的祭典相遇，從而展開一段孿生姊妹同生不同境遇的坎坷情事。

姊姊千重子人品優雅、文靜，善於感受，富有少女情懷的細膩特質，曾到訪位於城外的北山，探望苗子，當遭受雷雨襲擊，杉林無任何遮蔽物可躲避，妹妹竟不顧惜生命安危，以身體庇護姊姊，在在表現令人動容的深情。

某夜，當苗子到千重子的家拜訪，由於命運迴異，成長在截然不同的家庭，宿命既定，為了不影響姊姊的身分、生活和愛情，就在跟千重子共度「一生中最幸福的一宿」後，頂著寒冬冷冽的細雪，頭也不回的離去。這時，千重子倚著格子窗，默默目送苗子逐漸遠去的孤伶身影，感到屋外一片冷清、寂靜。

川端所呈現的文學之美，是繼承《源氏物語》的物哀精神而成，更是日本

經典名句

- 我們都是上帝之子，每一個降生就像是被上帝拋下……。因為我們是上帝之子，所以拋棄在前，拯救在後。
- 任何一種花，每每由於賞花的時間和地點各異，而使人的感觸也各有不同。
- 花給空氣著彩，就連身體也好像染上了顏色。

傳統殘缺美學和悲劇美學的集結。書中不時出現櫻花開落的描述，象徵櫻花雖美，短暫不久，留予人們「剎那之美」的喟嘆。這種屬於大和民族特有的物哀情結，充滿憐憫、感動、慨歎、同情與絕美。他用文字揭示貧富差別，甚至世俗偏見所形成的現實。對戰後的哀愁、傳統文化面臨流失的危機，只能用交織憂傷與失望的哀鳴，訴諸文字，以簡約含蓄的語言，意在言外的譬喻。

「幸運是短暫的，而孤單卻是永久的。」川端在《古都》表現的自然之美與人情之美，隱隱然反映了大和民族的文化智慧與浪漫情懷。無怪乎諾貝爾文學獎委員會審核《古都》給獎的評語讚譽：「由於以豐富的感情、高超的敘事性技巧、並以非凡之敏銳表現了日本人內在精神的特質。」

中文版《古都》

・《古都》，蕭羽文／譯，一九八八年四月，志文出版社出版。絕版封面借用了山口百惠、三浦友和主演的電影海報。

日文版《古都》

延伸閱讀：

・《掌中小說》，川端康成／著，葉渭渠／譯，二〇〇二年一月，木馬文化出版。本書收錄〈生活標本〉，包括真實的童年往事、蒼白的少年情事、魔幻寫實的青年與中年成熟的嚴謹，交織成無數詭異的世界。

・《舞姬》，川端康成／著，唐月梅／譯，二〇〇二年十月，木馬文化出版。本書主角由絢麗的夢境轉向空虛與不安的憧憬；終在人生舞臺創一齣「佛界易入，魔界難進」的獨舞。

・《湖》，川端康成／著，唐月梅／譯，二〇〇三年五月，木馬文化出版。本書描寫人物的意識流動和幻想的心理軌跡，探索人物內心活動的祕密，挖掘人內在美醜對立的精神世界。

39

耽美與情欲的惡魔藝術

瘋癲老人日記・谷崎潤一郎

在禁忌中恍惚昇華，為惡女獻身跪拜的極致情慾。

作者・谷崎潤一郎

關於《瘋癲老人日記》

一九六二年出版的《瘋癲老人日記》，描寫一位喪失性功能，依然慾火饑渴的老人，相中媳婦颯子美麗的腳，拿她的腳當成佛足看待，進而崇拜到五體投地的「病態」心理小說。

作者安排颯子是個放縱情慾的女性，充滿征服男人的慾望，不惜以挑逗人性施虐老人。被作者戲謔成「瘋癲老人」的公公，一個高血壓等慢性病纏身的男人，一個清楚自己被媳婦吃定，卻樂此不疲的老人，一旦愛撫起颯子的腳，她

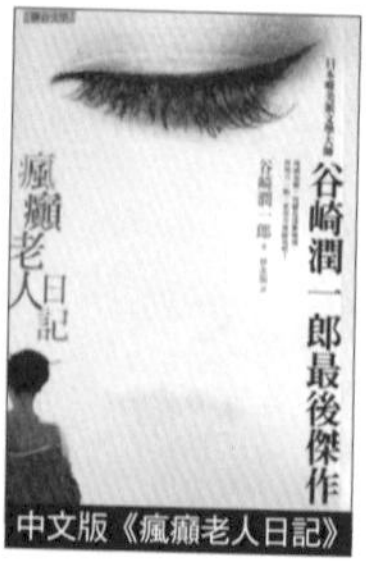

中文版《瘋癲老人日記》

中文版本：

- 《瘋癲老人日記》，林水福/譯，二〇一四年一月，聯合文學出版公司出版。

卻心知肚明的採取不排斥態度；這種「病態」式的放縱情慾火苗，讓老人從愛撫中，燃燒起兒時的戀母情結，不免將母親與媳婦的印象交織糾纏，衍生成異色情愫。

情慾既無法用性宣洩，老人最後只想將媳婦那雙如佛足般的腳，拓刻在自己的墓碑，以求死後得到永恆歡愉。於是，帶著颯子和家人到京都法然院和真如堂勘查墓地，並寄望以颯子的形象雕刻成墓塚佛像，甚且拓下颯子的腳印，做成佛足石，便於死後繼續被颯子踐踏、嘲笑，「痛呀！但很舒服，舒服極了，遠比活著還要舒服多了！」他樂於獨享受虐的快感。

老人愈是遭到颯子嘲弄般的精神折磨，甚或臆想颯子與年輕戲子春久的幽會，就會愈加迷戀颯子；雖則確知自己逐漸衰竭的身體與情慾渴慕相互交錯，仍不停歇地利用不斷流失的生命，試圖以各種方式接近颯子、碰觸颯子。

為了討好颯子，老人藉口散步、修理枴杖，期能繞到百貨公司為颯子挑選禮物。他不但為她挑選皮包、買車，為她購買價值不菲的貓眼石戒指，還為了她疏遠親生兒女。老人對出身風塵的颯子如此癡迷，颯子更且容許老人看她沐浴的情景，除了是對已然消逝的狂蕩奔放的青春難以忘懷，更或者是，被扭曲了

經典名句

- 美好的肉體是屬於春天的。
- 即便是壞女人，本質也不能顯露在外。壞得可愛是必要條件。壞也有程度之分。
- 我突然感覺左手劇痛起來，同時感到極大的快感。一看到颯子那惡婦般的臉，快感越來越強烈了。

▲ 瘋癲老人出現在京都南禪寺

文學地景：
京都：南禪寺/瓢亭/法然院。
奈良：藥師寺。

▲ 谷崎潤一郎常造訪鄰近南禪寺的懷石料理「瓢亭」

▲ 谷崎潤一郎葬身京都法然院

的淒婉情色慾望？

谷崎潤一郎以極端的「美」與「醜」，傳述美的情愫，將人性中極其隱祕的多面展現出來，並昇華到美的境界。

透過《瘋癲老人日記》，讀者真切見識到日本民族性格的矛盾性、離奇性，他藉諸一個病態老人，在生命尾端，以激烈、誇大的瘋癲想法與行為，意圖證明生命力依然旺盛，到頭卻悲涼發現，終究衰竭了，僅能妄想強大的刺激，耽溺於遭受媳婦凌辱與折磨帶來的情慾饗宴，便於挽救面臨的死亡陰影。

凡此種種，那些暗藏自虐性的洶湧情慾，經由作者無以倫比的優異文字，描繪出一段荒誕而奇異，值得品味的生動故事。

日文版《瘋癲老人日記》

延伸閱讀：

- 《武州公祕話》，谷崎潤一郎/著，張蓉蓓/譯，二〇一一年一月，遠流出版公司出版。本書設定戰國時代為背景，以虛實交雜的史料、畸絕奔放的驚人異想，古文白話操縱自如，編織出豔絕流暢的短篇傳奇，直探人性欲望之幽微。
- 《夢浮橋》，谷崎潤一郎/著，林水福/譯，二〇〇九年四月，聯合文學出版公司出版。本書收錄中篇小說〈夢浮橋〉，隨筆〈文壇故事〉、〈不孝的回憶〉、〈四月的日記〉、〈高血壓症的回憶〉。以豐富華美的感官氛圍、後設結構，敘述離經叛道家庭的少年戀母故事。
- 《少將滋幹之母》，谷崎潤一郎/著，林水福/譯，二〇〇八年十月，聯合文學出版公司出版。作者運用古典主義的物語手法，傾其三十年修訂迻譯《源氏物語》的功力，講述少將滋幹之母因家道中落，嫁給年長五十歲的國經，韻事不斷的紀實，再現浪漫旖旎物語，達圓熟極致境界。

40

神聖不可侵犯的高塔

白色巨塔・山崎豐子

赤裸的醫界鬥爭，不對等的醫療關係。

作者・山崎豐子

一九二四年出生大阪市中央區昆布商店老鋪、小倉屋山本之家的山崎豐子，本名杉本豐子，京都女子大學國文系畢業。後來，在每日新聞學藝部擔任井上靖轄下的記者，利用閒暇之餘寫作，初期作品大都以船場和大阪風俗為文學舞臺。

一九五七年發表首部作品《暖簾》初試啼聲，進入文壇；翌年又以《花暖簾》贏得一九五八年第三十九屆直木賞。之後辭掉報社工作專事寫作。

一九六三年在《Sunday每日》週刊連載《白色巨塔》，因探討醫病之社會關係，內容尖銳，引起話題，造成轟動，進而奠定山崎豐子在日本文壇不可動搖的地位。

中文版《白色巨塔》

中文版本：

・《白色巨塔》，婁美蓮、王華懋／譯，二〇〇四年十一月，商周文化公司出版。

一九七〇年，又於《週刊新潮》連載小說《華麗一族》、《二個祖國》、《大地之子》、《不落的太陽》等。一九九一年獲第三十九屆菊池寬賞。二〇〇九年以《命運之人》獲每日出版文化賞特別賞。山崎豐子的著作包括：《女人的動章》、《不毛地帶》、《女系家族》、《花紋》、《變裝集團》、《白色巨塔・續篇》等。二〇一三年九月二十九日去世，享年八十八歲。

關於《白色巨塔》

一九六五年出版的長篇小說《白色巨塔》，「巨塔」二字用以借指醫院。小說的背景地設定在舊稱浪速大學的大阪府立大學醫學部。

暢銷日本四十餘年的二十世紀文學鉅著《白色巨塔》，被列為戰後日本十大

▲《白色巨塔》主場景：舊稱浪速大學的大阪府立大學醫學部中ノ島校區

文學地景：

大阪：大阪府立大學醫學科。

▲《白色巨塔》文學舞台：大阪市

▲ 大阪城夜景

女作家之一，社會派小說巨匠山崎豐子的代表作。她說：「我寫這部小說，無非出自質問醫學界的良心，或挑戰醫學界的封建性，同時感覺到那裡存在著強烈的人間戲劇！」

故事以兩位價值觀、生命態度截然不同的醫師：財前五郎，醫術精湛、才氣煥發、野心勃勃的外科醫師；里見修二，熱血正義、堅持理想，學者型的內科醫生，互映出大學醫院內部長期充滿矛盾、爾虞我詐的人際關係，大膽揭露醫界選舉賄賂、醫療疏失等內幕，挑戰日本社會長期以來，絕對禁忌的議題。

作者細膩鮮活的人物刻畫，以及明快的文字節奏，透過醫院內部的人事、醫療，將書中人物、生命觀點和醫療道德所呈現的不同面向，提出對善惡是非的

日文版《白色巨塔》

延伸閱讀：

- 《華麗一族》，山崎豐子/著，涂愫芸/譯，二〇〇七年四月，皇冠出版公司出版。一部赤裸呈現人性與欲望、愛情與親情、嫉妒與背叛，父與子、魔鬼與天使、野心家與夢想家的終極對決！
- 《我的創作・我的大阪》，山崎豐子/著，王文萱/譯，二〇一一年四月，天下雜誌出版公司出版。本書收錄暢銷小說《白色巨塔》、《華麗一族》，所發生的種種情事。
- 《大地之子》，山崎豐子/著，王華懋、章蓓蕾/譯，二〇一三年十月，麥田文化出版。本書描述一個遭國家遺棄的孤兒，終其一生無法免除的重擔。
- 《偽裝集團》，山崎豐子/著，王蘊潔/譯，二〇一五年四月，皇冠出版公司出版。本書透過縝密的採訪調查，以音樂為經，以政治鬥爭和人性欲望為緯，交織出撼動人心的作品！

深刻思考，甚至對人性黑暗、光明與希望的高度關切情懷。

山崎豐子在《白色巨塔》提出錯綜複雜的醫學實態、赤裸的醫界鬥爭、不對等的醫病關係、詭譎糾葛的善惡衝擊；在這一座神聖不可侵犯的高塔內，因人性與神性、道德與貪欲的永恆角力，上演一幕又一幕波瀾壯闊的人間悲喜劇！這部小說被日本學界認定是史詩般壯闊、撼動人心的文學大作。六度被改編成戲劇。

經典名句

- 「教授」這種東西，不是讓你成天擺在心裡想的。我們應該專注於自己的研究，等到別人認同你的成就，自然就會選你當教授。

龍馬行・司馬遼太郎

不管世間人如何看我，怎麼說我，
我只要說自己想說的話，做自己想做的事。

作者・司馬遼太郎

一九二三年出生大阪浪速區西神田的司馬遼太郎，本名福田定一。父親福田是定是個開業藥劑師，母親直枝。小學就讀大阪市立難波塩草尋常小學校，因為不喜歡到校求學，經常無故缺席，以致荒廢課業，慘遭眾人謔稱「惡童」。

不喜歡到學校求學，不代表不愛讀書，十三歲開始，他經常到大阪市立圖書館借書、看書，直到大學畢業，幾乎讀完圖書館所有藏書。

一九四〇年就讀舊大阪高校、舊弘前高校，一九四二年進入現大阪大學外語系學習蒙古語文。選擇冷門的科系就學，加諸太平洋戰爭期間，前往中國東北「當

▲ 九州鹿兒島坂本龍馬雕像

文學地景：

高知市：上町龍馬出生地／龍馬紀念館。

京都：寺田屋／幕末京都藩邸／龍馬遇刺地近江屋／龍馬長眠地靈山護國神社／圓山公園龍馬雕像。

下關：壇浦砲臺舊址／巖流島。

長崎：長崎港／黑船來航／船中八策／風頭山／龍馬道／龜山社中／龜山社中資料展示場／龍馬道上大銅靴／若宮稻荷神社／眼鏡橋／夕顏丸海援隊／長崎蝴蝶夫人／哥拉巴公園／哥拉巴龍馬舊邸。

熊本市：橫井小楠紀念館「四時軒」。

鹿兒島：鹿兒島／霧島神宮／櫻島。

大阪：司馬遼太郎紀念館。

兵」的生活歷練，影響他的寫作風格深遠，早期作品《波斯國的幻術師》、《戈壁的匈奴》，晚年的《韃靼疾風錄》都以中國北方民族的歷史與特性為書寫背景舞臺。

一九四三年十一月，司馬二十歲，因擔任「學徒出陣」（學生兵），只得休學。翌年九月，才從大阪外國語學校畢業。離開學校後，進入兵庫縣加東郡河合村青野原戰車隊第十九連隊擔任兵員。喜歡文學的司馬，在部隊成立罕見的「俳句之會」，一邊服役，一邊吟詩作文，藉此磨練文筆。一九四四年四月被分派進駐滿洲四平陸軍戰車學校第一連隊，十二月畢業。由於出身文科，對理工、機械一竅不通，還曾因不解如何啟動戰車，導致戰車冒出白煙而大喊：「救救我！」

中文版《龍馬行》

中文版本：

- 《龍馬行》，李美惠/譯，二〇一一年十一月，遠流出版公司出版。

日文版《龍馬行》

延伸閱讀：

- 《最後的將軍》，司馬遼太郎/著，江靜芳/譯，二〇〇七年一月，遠流出版公司出版。沒有德川慶喜的自我克制，就沒有明治維新的燦爛花朵。
- 《臺灣紀行》，司馬遼太郎/著，李金松/譯，二〇一一年二月，臺灣東販出版公司出版。作者以新聞眼、文學筆，看臺灣、寫臺灣。
- 《豐臣一族，司馬遼太郎/著，陳生保/譯，二〇一一年六月，遠流出版公司出版。作者以冷峻的筆描寫秀吉之弟妹甥妻兒的性格與人生際遇，折射豐臣的興衰、世事之無常。
- 《跟著坂本龍馬晃九州》，陳銘磻/著，二〇一四年七月，聯合文學出版公司出版。以《龍馬行》為藍本，進行坂本龍馬的歷史地景之旅。

以及碰觸到戰車電流，卻誤用斧頭切斷電線的笑話。

關於日本戰敗這件事，時年二十二歲，個性耿直的司馬遼太郎說：「日本為何執意要打這一場笨仗？什麼時候日本人變得這麼笨？」此言一出，引起譁然。

離開部隊後，司馬決意進入新聞界，先後擔任新世界新聞社、新日本新聞社京都支社社員。一九四八年，新日本新聞社破產，他受聘加入產業經濟新聞社京都支局社員。一九五〇年結婚，四年後離婚。為了無法避免四處奔波的採訪工作，他把長子託付給父母養育。

忙碌的新聞報導工作之餘，司馬潛心歷史小說創作，一九六〇年出版《梟之城》，隨即榮獲第四十二屆直木賞，不久，離開產經新聞社。一九六四年移居大阪府布施市下小阪，藉機研讀寺院收藏的古書籍。專事寫作。他喜歡新聞記者工作，曾對朋友說：「若有來生，我還是要當個新聞記者。」還說：「所有的夢想都會實現，只要有不斷追夢的勇氣。」

年輕時代喜愛閱讀司馬遷《史記》列傳的司馬，筆名「司馬遼太郎」取自「遠不及司馬遷」之意。雖自謙歷史報導不及司馬遷，可他畢生歷史小說著作等身，被公認為日本大眾文學巨擘，也是日本最受歡迎的國民作家，更是文壇中流砥柱的人物。

學者評議他的作品是「非意識型態」的「大河小說」。一生著作豐厚，《風神之門》、《龍馬行》、《新選組血風錄》、《盜國り物語》、《最後的將軍》、《新史太閤記》、《義經》、《宮本武藏》、《坂上之雲》、《項羽和劉邦》、《油菜花的海岸》、《韃靼疾風錄》等上百冊。

他喜歡描寫英雄，卻認為日本沒有真正的英雄，曾說：「源賴朝是個偉大的政治家，但沒有人緣；源義經是個無聊人物，卻大受歡迎。大久保利通是偉大的政治家，然而日本人卻喜歡稚氣的西鄉隆盛。也就是說，政治原本是男人的世界，但日本人卻喜歡女性特質。譬如說，西鄉隆盛有時會寫寫詩，發表幾句名言，結果比大久保利通更得人緣。」

一九九六年，司馬遼太郎因腹部大動脈瘤破裂，經九小時漫長手術，終焉不治，病逝國立大阪病院，享年七十二歲。司馬去世，動畫家宮崎駿發表感言說：「司馬遼太郎一直思考，為什麼日本會產生如此愚蠢的『昭和時代』。現在日本更趨腐敗沒落，司馬遼太郎已經看不到日本的沒落光景，我為他感到欣慰。」

關於《龍馬行》

一九六六年出版的《龍馬行》，描述一八三五年出生四國高知縣的坂本龍馬，原為商戶人家，後來卻成為幕末推動維新革命，一個劃時代的英雄人物，他既是大政奉還的策畫者，也是實際操盤手，透過他的策畫和推進，日本終於結束德川家族長達二百六十四年的江戶幕府，走上還政於朝，以明治維新推動國家振興的道路。

他短暫的一生充滿傳奇，不但建立日本第一個以貿易為宗旨的株式會社「龜山社中」，結婚時，帶領妻子楢崎龍開啟「度蜜月」的先河；當別人還在耍弄武士刀時，他手裡拿的卻是手槍；當別人手裡拿著槍打仗時，他卻從懷裡掏出《萬國公法》。

▲ 四國高知市坂本龍馬誕生地紀念館

▲ 坂本龍馬在長崎風頭山設置日本第一家商社「龜山社中」

傳聞，龍馬出世前，母親夢見一條口裡吐著紅色火焰，一邊跳躍的龍，直撲進入胎體。生下他時，發現他的頭後項長有一排如馬一般的鬃毛，父親坂本八平直足便為他取名「龍馬」。

小時的龍馬絕頂聰明，凡事觸一通百，但不愛讀書，姊姊乙女只好教他一些強壯身體的技能，如學習劍道、游泳等。及長，一八五三年遊學江戶，又赴京城拜師學習劍術；同年，美國海軍准將馬修・培里率「黑船」艦隊強行駛入江戶灣浦賀，意圖打開日本門戶，使得鎖國的日本沉浸在不知如何應付外來勢力的困境，龍馬遂於一八六一年聯合武士半平太，連同其他一九二人歃血盟誓，在高知縣結成土佐勤王黨，打著尊王攘夷口號，意謀反抗外國勢力，後來因意見不合，龍馬選擇脫藩出走。

脫藩後的坂本龍馬，雖然胸懷大志，深感學習西洋文明的重要，遂而奔波在迷惘無依的世界，遊走大阪，在大阪的住吉，由道場老師千葉重太郎引薦，見到了以擁有開明思想而聞名的勝海舟。勝海舟曾留學美國學習海軍軍事，為江戶幕府海軍負責人。一場重要的會面，龍馬被對方一席救國宏論懾服，隨之，拜勝海舟為師，開始他的政治生涯，當時，坂本龍馬年僅二十八歲。

個性灑脫、隨興、重義氣的坂本龍馬，曾說：「不管世間人如何看我，怎麼說我，我只要說自己想說的話，做自己想做的事。」他就是這樣一個人。

坂本龍馬是幕府末期推動維新革命的重要人物，他不到三十二年短暫的一生充滿傳奇；最後，卻在京都四条近江屋附近遭暗殺，以悲劇英雄收場，死後葬於圓山公園的靈山護國神社。

經典名句

- 任憑千夫指，我心唯我知。
- 現在把日本重洗一遍。
- 我對那件事胸有成竹。只要我想做，世上沒有做不到的事情。
- 所謂英雄者，就是只走自己道路的人。

42

愛與恨的矛盾角力

冰點‧三浦綾子

以愛為名，就能恣意傷害別人嗎？

作者‧三浦綾子

一九二二年四月出生北海道旭川市的三浦綾子，舊姓堀田，與同時代女作家曾野綾子被稱「W綾子」。一九三九年畢業於旭川市立高等女學校，其後七年擔任神威小學教師，後因肺結核病發，辭去教職。一九四九年，在虛空和自我棄絕的悲痛下自殺未遂，直到一九五九年三十七歲時，才與三浦光世結婚。

一九六一年，三浦綾子以筆名「林田律子」在《主婦之友雜誌》首度投稿〈太陽不再西沉〉。一九六三年，朝日新聞社舉辦「慶祝大阪本社創刊八十五年‧東京本社七十五周年紀念的一千萬元懸賞小說募集」，三浦綾子以小說《冰點》獲選，隔年十二月開始在朝日新聞朝刊連載，一九六六年由朝日新聞社出版，短時

▲「三浦綾子文學紀念館」在旭川市神樂7条8丁目2-15

文學地景：
北海道：旭川市/旭川市「啟造綜合醫院」/三浦綾子紀念文學館。

▲ 旭川市旭山動物園

▲《冰點》場景在北海道旭川市，圖為旭川動物園。

間內創造了賣出七十多萬冊的紀錄。一九六六年改編電影，由若尾文子飾演女主角，掀起「冰點流行風潮」。

三浦綾子將近四十年的寫作生涯，總計出版了近八十本著作，包括：《積木盒》、《裁判的家》、《殘影》、《北國的春天》、《槍口》等，兼具宗教的誠實謙卑與女性的溫柔細緻的作品。

三浦綾子的後半生都在面對病魔，一九八二年接受直腸癌手術，隔十年罹患巴金森氏症，卻未曾停筆創作。一九九九年十月，因多重器官衰竭，病逝北海道旭川市立醫院，享年七十七歲。她出生的故鄉特別設置三浦綾子紀念文學館，表示對她成就文學的崇敬。

中文版《冰點》

中文版本：

- 《冰點》，朱佩蘭／譯，一九六六年七月，聯合報出版。
- 《冰點》，朱佩蘭／譯，一九八八年五月，小暢書房出版。
- 《冰點》，章蓓蕾／譯，二〇〇九年六月，麥田文化公司出版。

日文版《冰點》

延伸閱讀：

- 《積木之箱》，三浦綾子／著，吳曉芬／譯，二〇〇一年九月，新潮社出版公司出版。透過對教育的諸多議論觀點，寫出孩子對大人敏感、共鳴、驚魂懾魄的現實之罪。
- 《續・冰點》，三浦綾子／著，章蓓蕾／譯，二〇一〇年一月，麥田出版公司出版。以「愛」為名的「恨」，將一個美滿的家夷為一片焦土。

關於《冰點》

一九六六年出版的《冰點》，揭露一個外表看似美滿和平的家庭，背後卻隱藏不堪的愛與恨的矛盾角力，以及面對親密的人展開反撲的狠心悲劇。

小說描述北海道旭川市辻口醫院的院長辻口啟造，平日是標榜「要愛你的敵人」的謙謙君子，為了美麗妻子夏枝細白頸項留有某男人的「吻痕」，繼而產生一連串令人喘不過氣的報復行動，加上唯一的女兒慘遭殺害，他不再寬宏，自信能坦然面對傷害。

就為了報復妻子的不忠，他暗中尋訪，發現殺女凶手身後留有一名幼女，幾經周折，他領養了這個小孩，還為她取名陽子，後來，陽子得知身世，覺得自己體內流著不潔的血，自殺未遂。傷害既已造成，曾經參與其中的每一個人將如何面對原罪？

辻口啟造料想不到，原本容易說出口的原諒與放不掉的報復怨念，換來一家人幾十年的煎熬。一宗罪過，召喚另一宗罪行；一段祕密，引發另一段祕密，新的祕密又將揭曉，辻口家始終得不到真正的平靜。

作者設定小說角色，道貌岸然的丈夫，心眼狠毒，美麗溫柔的妻子，自私自戀。闡釋善良正直的人不一定永遠不會錯。隨作者刻畫的鮮活人物與精采情節，本書提供了對生命、家庭、人性更深度的思索。

《冰點》是日本名作中的不朽之作，雖為一九六〇年代小說，由於主題交織在沉重的原罪、仇恨與寬恕之間，情節高潮迭起，人性弱點畢露無遺，至今仍受好評。日文版原著總計創下五百萬冊以上的驚人銷售量，三度搬上大銀幕，九度改編成電視劇，譯有十三種語言，暢銷各國。

經典名句

- 如果在一個想讓你哭的人面前流淚，那就是失敗。愈是在這種時候愈是要笑，頑強的度過人生。
- 人在生活中遇到不幸，沒什麼比一門技藝會給人更好的安慰，因為當他一心鑽研那門技藝時，船已不知不覺越過了重重危難。

43

主從不沉默，而是一起受苦

沉默・遠藤周作

反抗歷史的沉默，探索神的沉默。

作者・遠藤周作

一九二三年出生東京的遠藤周作，別號狐狸庵山人，出生後不久，父母舉家搬遷到滿洲國。十年後，父母離異，遠藤隨母親返回日本，住進母親的家鄉神戶。她在遠藤幼年時皈依天主教，致力培養遠藤成為天主教徒。十二歲，遠藤受洗禮，取教名Paul。

滿洲國度過童年的遠藤周作，由於身體虛弱，使他在二次世界大戰期間未被徵召入伍，後來進入慶應大學就讀法國文學，一九五〇年成為戰後第一批留學生，前往法國里昂大學留學，專攻法國文學達二年之久。返國後，隨即展開作

▲ 長崎大浦天主堂

文學地景：
長崎：長崎港小村落/長崎市東出津町77番地遠藤周作文學館。

▲《沉默》主場景：長崎

▲ 位於長崎市東出津町的「遠藤周作文學館」

家生涯。

他的作品大都是早年生活經歷的反映。身為外國人的生活經歷、病房住院的經歷，跟肺結核戰鬥的經驗。他的作品關注人性和道德，展現個人的宗教信仰，筆下角色大部分是在道德困境中的抗衡者，令人困惑。正因如此，他的作品常拿來跟《愛情的盡頭》、《喜劇演員》英國作家格雷安·葛林比較，而格雷安·葛林反而讚賞遠藤周作是「二十世紀最優秀的作家之一」。

一九五五年，遠藤周作以《白色的人》獲芥川賞，一九六六年 以《沉默》獲谷崎潤一郎賞。一九九五年獲文化勳章。作品有以宗教信仰為主，也有老少咸宜的通俗小說，包括：《母親》、《醜聞》、《海與毒藥》、《沉默》、《武士》、《深河》等。一九九六年九月辭世，享年七十三歲。一生為天主奉獻的遠藤周作離開人世後，家人遵奉遺願，把《沉默》和《深河》放入棺內作伴；這兩本書除了是作者生前自認的代表作，還被公認是二十世紀日本文學的重要著作。

關於《沉默》

一九六九年出版的《沉默》，遠藤周作的重要作品之一，探討天主教在東方社會傳教面臨的問題，包含東西方文化的差異。取名「沉默」的理由是：反抗歷史的沉默；探索神的沉默。

《沉默》，除了探討「神的沉默」，更深入探究「教會的沉默」、「歷史的沉默」。闡述天主教歷史向來只歌頌殉教者，卻對棄教者漠視、蔑視，使棄教者備感痛苦。

故事發生在德川幕府禁教令下，長崎港附近小村落，一位葡萄牙耶穌會的教士偷渡傳教，並調查恩師因遭受「穴吊」酷刑而宣誓棄教一事。這件事在當代歐洲人眼中，不只是個人挫折，更是信仰、思想的恥辱。教士在傳教過程，面臨信仰與反叛、聖潔與背德、強權與卑微、受難與恐懼、堅貞與隱忍、掙扎與超脫的兩難情境，逼迫教士對信仰進行深層、現實的思索，最終，他彷彿走過一趟恩師的心路歷程，擁有自己對信仰更堅實的實踐。

果然，沉默的上帝並沒給答案。羅德里格的同僚選擇與教眾共亡，老師選擇犧牲信仰，改姓日本名、住寺院，卑微的活著。羅德里格則決定追隨老師後塵，在異教國度隱姓埋名以終，沉澱大愛，吻合了「主從不沉默，而是一起受苦」。

中文版《沉默》

中文版本：

- 《沉默》，林水福／譯，二〇〇二年一月，立緒文化公司出版。

日文版《沉默》

延伸閱讀：

- 《海與毒藥》，遠藤周作／著，林水福／譯，二〇〇六年一月，聯合文學出版公司出版。本書輯錄的小說，各有姿態，隱隱然指向生之意義的終極課題。
- 《我・拋棄了的・女人》，遠藤周作／著，林水福／譯，二〇〇六年十月，聯合文學出版公司出版。作者透過森田蜜巧妙地將基督的「象徵」與「訊息」傳達出來。
- 《深河》，遠藤周作／著，林水福／譯，二〇一四年三月，立緒出版公司出版。一部描繪河流接受他的呼喚，默默地流著的佳構。
- 《醜聞》，遠藤周作／著，林水福／譯，二〇一五年七月，立緒出版公司出版。書中主角好像刑警在追查犯人似地，一直尋找「另一個自己」。

經典名句

- 在這荒廢的土地上，無論如何必須留下一把儘管很小但卻可耕種的鋤頭。
- 他當然深深了解神是為了受讚美而存在，不是因怨恨存在；儘管如此，在這樣的試煉日子裡，像約伯那樣得了痲瘋病還讚美神，是多麼困難啊！

44

最誠實的私小說

接近無限透明的藍・村上龍

濃烈的感官體驗，狂亂了青春；脫序的生活，譜成了迷幻的歌。

作者・村上龍

一九五二年出生長崎縣佐世保市的村上龍，就讀縣立佐世保北高中時，加入橄欖球隊，半年後退出，後又與朋友合組搖滾樂團「腔棘魚」，一年後解散，加入新聞社。一九六九年夏天，跟同學進行校園封鎖，大搞造反嘉年華，展開「我的十七歲人生像過慶典一樣」的逆流活動，結果遭校方無限期停學。隔年三月，畢業前再度成立樂團，舉辦搖滾演唱會、拍攝電影，他說：「不能夠快樂過日子是一種罪過。」一九八七年，他把過程寫成小說《69 sixty nine》同時出版。

「直到今天，我仍無法忘記高中時代傷害過我的老師。」高中畢業後，村上進入美術學校就讀，半年後遭退學。一九七二年四月，進入武藏野美術大學造型學部基礎設計科就讀，一九七七年休學。抱持「不重複用同一種方法」創作的村上龍，一九七六年以《接近無限透明的藍》獲第十九屆群像新人文學獎與第七十五屆芥川賞。

一九七六年，與電子琴專家高橋田津子結婚，一九八〇年長子村上大軌出生，十月出版《寄物櫃裡的嬰孩》。該書以寄物櫃嬰兒遭竊事件為題材，於一九八一年獲第三屆野間文藝新人獎。

一九八〇年代，村上龍與村上春樹並稱「雙村上」，村上春樹說：「他的好奇心像鯊魚一般。」村上龍說：「我不太喜歡工作，所以總是盡快寫好出去玩。」實則兩人並無任何親戚關係，文學創作也無共通點，以「雙村上」稱號為背景，兩人在一九八一年出版對談集《Walk Don't Run》。

一九九九年十一月，以金融、經濟為議題，推出電子雜誌《JMM》。同年出版批判日本社會對泡沫經濟反應的圖畫書《那些錢能買些什麼呢？》。二〇〇四年出版《工作大未來—從一三歲開始迎向世界》，批判尼特族等新勞動經濟學產生的社會問題。二〇〇四年開始擔任芥川獎評審委員。

關於《接近無限透明的藍》

一九七六年出版的《接近無限透明的藍》，是以駐日美軍基地「福生」為背景的小說，經常可見美軍士兵與沉溺嬉皮世界的主角RYU嗑藥的情景，反映美軍占領時期的日本風貌。

RYU乃是戰後美日安保條約下出生的一代，也是美軍占領下嘗試展現自己存活姿態的象徵。小說敘述以毒品麻醉自己，失去活力的青年，進行群交等脫離常軌的生活。延伸出支配者與被支配者的關係，以及親美與反美的角力。

強調「你到底是什麼人？你到底在懼怕什麼？你是如何變成一具任人玩弄的人偶？」的《接近無限透明的藍》，故事主角RYU是十九歲大學生，拒絕學校教育，與一名酒吧孃LILLY同居。他的生活圈子，有不少混血兒與美國士兵，一起過着酗酒、濫交、嗑藥及搖滾的迷幻日子，完全把正常人的生活秩序與道德拋諸腦後。後來，卻在曲折不斷的人生路接觸許多不解的事物，終於在黎明前夕的短暫靜止中，感悟到生命的美與希望。

截至目前，這本書在日本銷售量超過四百萬冊以上。諾貝爾文學獎得主大江健三郎認為村上龍的作品呈現日本年輕一代的思想，卻透露「有半法西斯的一面」。《接近無限透明的藍》獲第七十五屆芥川賞。時當評審會激烈討論本書，丹羽文雄、井上靖、吉行淳之介、中村光夫支持，永井龍男和瀧井孝作反對，安岡章太郎投下半票，最後以四點五比二過半數贊成票，村上龍獲獎。

村上龍二十四歲時，以天才之姿創作的《接近無限透明的藍》，被認為是最誠實的私小說，雖在芥川賞評審會引起討論，但小說內容的確讓人體會身處黑

新版《接近無限透明的藍》

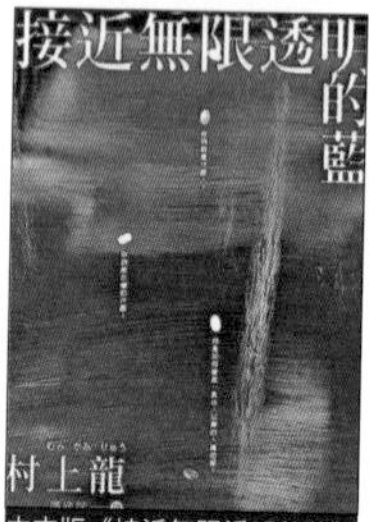

中文版《接近無限透明的藍》

中文版本：

- 《接近無限透明的藍》，張致斌/譯，二〇〇八年三月，大田出版公司出版。二〇一四年十二月發行新版。

暗的恐懼、痛苦與不舒適感，最後卻給予掙脫的希望。

村上龍描繪過著放縱生活的年輕人，彰顯日本因戰敗而衍生無根的一代，是否預示日本社會將要面對荒涼幻境？

日文版《接近無限透明的藍》

延伸閱讀：

- 《村上龍料理小說》，村上龍/著，王蘊潔/譯，二〇〇七年七月，大田出版公司出版。料理的滋味，躲藏戀愛中的甜蜜魔鬼，使人遠離感傷。
- 《所有男人都是消耗品》，村上龍/著，張智淵/譯，二〇〇九年四月，大田出版公司出版。描寫一九七〇年代，一群東京年輕男女，沉溺放浪生活，感到生活無望，找不到理想，最終各奔前程。
- 《五十五歲開始的Hello Life》，村上龍/著，張智淵/譯，二〇一五年三月，大田出版公司出版。本書描寫五位主角面臨不同人生議題，闡述人生最可怕的是，抱著後悔而活，而非孤獨。

經典名句

- 無論我怎麼使勁吸氣，也只能吸進一點點空氣。而且還不是從嘴或鼻子吸進來的，好像是胸口有個窟窿，從那裡漏進來的。
- 全身就像被人愛撫著，像抹在漢堡上的乳酪似地融化下去，好比試管裡的水和油一樣，身體裡冷卻的部分和發熱的部分分離開來旋轉著，燥熱傳導到了我的頭部、喉嚨、心臟和性器官。

45

完美的文章並不存在

聽風的歌・村上春樹

充滿「空白」與「虛無」的逝去青春。

作者・村上春樹

一九四九年一月出生京都伏見的村上春樹，父母為中學日文教師，十二歲，舉家搬遷到兵庫縣蘆屋市，這裡是谷崎潤一郎寫作《細雪》的文學地景。他從小就不喜唸書，國中時期常因不用功讀書遭老師打罵，他說：「不想學的、沒興趣的東西，再怎麼樣都不學。」進入神戶高中後變本加厲，經常蹺課、打麻將、抽菸、跟女生廝混，不過成績始終維持水準之上。叛逆，不等於浪蕩。

高中時期喜歡閱讀二手的歐美原文小說，開始在校刊發表文章。畢業後報考法律系落榜，第二年重考，考進東京早稻田大學文學部戲劇系，他說：「高中時，不愛讀書；大學時，我是真的沒讀書。」大學期間，經常留連地下爵士酒吧，徒步自助旅行，露宿街頭，接受陌生人施捨。

一九六八年四月，認識同學高橋陽子，開始交往。一九七一年，二十二歲的村上，大學尚未畢業，偕同陽子到區公所註冊，決定廝守終生，隨後搬去陽子家同住。一九七五年，總算以論文〈美國電影中的旅行觀〉修完大學學分，前後花了七年。

婚後，夫妻倆白天到唱片行工作，晚上在咖啡館打工。三年後，以兩百五十萬日幣現金與銀行貸款兩百五十萬日幣，在東京西郊國分寺車站南口開設一間以村上寵物為名的爵士咖啡館「Peter Cat」，白天賣咖啡，晚上變酒吧。一邊經營爵士小店，一邊讀書，爵士店的生意越做越好。

他跟寫作發生親密關係是在一九七八年四月，有天突然「莫名其妙」想寫小說，他說：「當天下午我正在看棒球，坐在外野區，一邊喝著啤酒。我最喜歡的球隊是養樂多隊，當天是和廣島隊比賽。養樂多隊在一局下上場的第一棒是個美國人Dave Hilton。我記得很清楚，他是當年的打擊王，總之，投出的第一球就被他打到左外野，二壘安打。就是那時我起了這個念頭：我可以寫一本小說。」球賽結束後，他到文具店買了鋼筆和稿紙，開始創作他的第一部小說《聽風的歌》。

聽來很神奇，很不可思議，但確實這樣。這部小說花了六個月完成，他把作品投稿到《群像》雜誌舉辦的新作家文學競賽，初試啼聲一舉贏得一九七九年的群像新人獎。從此步上文學之路。

一九八一年，村上賣掉經營多年的Peter Cat店，搬到船橋市專心寫作，一九八五年，費時八個月完成的長篇小說《世界末日與冷酷異境》拿下「谷崎潤一郎賞」，為日本二戰後首位青年得獎者。

一九八六年攜妻旅居歐洲三年，完成日本近代文學出版史上，銷量排名第一的

中文版《聽風的歌》

中文版本：

- 《聽風的歌，賴明珠/譯，二〇〇九年六月，時報出版公司出版。

日文版《聽風的歌》

延伸閱讀：

- 《遇見100%的女孩》，村上春樹/著，賴明珠/譯，一九九二年二月，時報出版公司出版。作者在無聊又無奈的現實生活中，異想天開的反映現代都市人，孤獨的影子。
- 《國境之南‧太陽之西》，村上春樹/著，賴明珠/譯，一九九三年八月，時報出版公司出版。跟妳在一起，我才感覺到那個部分滿足了。滿足之後，第一次發現，過去漫長的歲月，自己是多麼飢餓、多麼乾渴。
- 《海邊的卡夫卡》，村上春樹/著，賴明珠/譯，二〇〇三年一月，時報出版公司出版。描寫四國鄉下的十五歲少年，因為成日待在圖書館而發生的奇特啟蒙經驗。

▲《聽風的歌》書中所提的四谷車站

文學地景：
東京：四谷車站/新宿/早稻田大學。

▲ 村上春樹就讀早稻田大學文學部戲劇系

▲ 早稻田大學巍峨的校舍

長篇小說《挪威的森林》。該著作上下冊累積銷量達五百萬冊以上，這本書讓村上的知名度在一九八〇年代末達到最高峰，確立「八〇年代文學旗手」的地位。

被譽為最能掌握都市人意識自我孤離與失落的村上春樹，自二〇〇九年起，獲諾貝爾文學獎提名，連續八年入圍。至今已有六十餘本著作，包括：《1973年的彈珠玩具》、《尋羊冒險記》、《遇見100%的女孩》、《海邊的卡夫卡》、《國境之南 太陽之西》、《1Q84》、《沒有女人的男人們》等。

關於《聽風的歌》

村上春樹寫《聽風的歌》時，仍在經營爵士樂酒吧。下班後，就坐餐桌寫作，因此，他把這部作品稱作「廚房餐桌小說」。他認為這部小說在他的成長過程，扮演了不可取代的重要角色，就像老朋友，「似乎不可能再相聚，但我不會忘了他們的友誼，他們在我的生命中，是非常重要而珍貴的存在，他們溫暖了我的心，鼓勵我前進。」

故事發生在學校放暑假期間，主角故鄉的一間爵士酒吧裡。

他在這本處女作寫道：「輕微的南風，送來海的香味和曝曬的柏油氣味，使我想起從前的夏天。女孩子肌膚的溫暖、古老的搖滾樂、剛洗好的button-down襯衫、在游泳池更衣室抽的菸味、微妙的預感，都是一些永遠沒有止境的夏天甜美的夢。然後有一年夏天（到底是哪一年？）夢再也沒回來過。」看似雲淡風輕的文字，卻滋味悠揚，撩人心思，無怪乎能成為現代文青的啟蒙書。

譯作家賴明珠說道：「在這部作品中作者放入了很多值得挖掘的東西。如果這部作品沒有獲得『群像新人賞』，他可能就不會繼續寫作了。然而，因為得獎他從此展開專業寫作生涯，於是《聽風的歌》也成為他馬拉松式寫作生涯的起跑點。如果要深入了解作者，無疑《聽風的歌》是必讀的第一本作品。」又說：「過去我讀小說，多半當消遣，從來沒有想到小說具有療傷作用。也不覺得自己受過傷。不過事實上不少朋友說，村上的作品陪他們度過一段難過的日子。我自己也曾習慣在睡前讀幾頁村上的作品，尤其《聽風的歌》、《1973年的彈珠玩具》和《遇見100%的女孩》，隨便翻開一頁讀個三、五頁，就覺得比較心平氣和，可以安然入睡了。我才漸漸體會到，村上的小說真的具有精神上的撫慰作用和鼓舞力量。」

這就跟村上所言一致，他說：「寫文章並不是自我療養的手段，只不過是對自我療養所做的微小嘗試而已。」有讀者如是說道：「《聽風的歌》，是愛上村上春樹的文字的第一步。每次看都會有很想哭卻又哭不出來的感覺，或許這就是村上春樹的魅力所在吧！」

經典名句

- 完美的文章並不存在，就像完美的絕望並不存在一樣。
- 這些簡直就像沒對準的描圖紙一樣，一切的一切都跟回不來的過去，一點一點的錯開了。
- 說謊和沉默可以說是現在人類社會裡日漸蔓延的兩大罪惡。事實上，我們經常說謊，動不動就沉默不語。
- 擁有黑暗的心的人，只作黑暗的夢。更黑暗的心連夢都不作。
- 文明是一種傳達，如果失去可以表現、傳達的東西，文明便結束。

46 說故事的好手

道頓堀川・宮本輝

走過少年時代的成年人，
一定都有深藏內心、難忘的風景。

作者・宮本輝

一九四七年出生兵庫縣神戶市的宮本輝，本名宮本正仁，曾居住愛媛縣、大阪府、富山縣，關西大倉高等學校、追手門學院大學文學部畢業。曾任職廣告公司撰稿員，因工作壓力大，得了「不安神經症候群」而辭去工作，專事小說創作。

一九七八年以處女作《泥河》獲太宰治獎，翌年又以《螢川》獲日本文學最高榮譽芥川獎，其後又以《優駿》獲吉川英治文學獎、《約束之冬》獲文部大臣獎、《骸骨ビルの庭》榮膺司馬遼太郎文學獎。

宮本輝的創作理念為「再悲觀的小說，我也希望能留下一點希望」，有「說故事的天生好手」美譽的宮本輝，被稱為「現代日本國民作家」。

曾說：「走過少年時代的成年人，一定都有深藏內心、難忘的風景。」的宮本輝，出版過六十餘冊小說、紀行、對談等作品，代表作有：《錦繡》、《胸之香味》、《地上之星》、《天河夜曲》、《血脈之火》、《流轉之海》、《月光之東》、《川的三部曲：泥河・螢川・道頓堀川》等。

關於《道頓堀川》

一九八一年出版的《道頓堀川》為宮本輝「河川三部曲」第三部，小說舞臺背景選定道頓堀川。道頓堀川是位於大阪市中央區最繁華街市的一條河流；無論陰晴朝夕，出入其間的行人、遊客多如過江之鯽。《道頓堀川》的故事背景設定在這條河川畔，地名叫道頓堀的地方，一個每到晚間，便閃爍五彩霓虹燈，繽紛的大都會景象，小說以居住在道頓堀的一對父子的愛憎為主軸，同時牽連出現代男女之間微妙的情欲關係。

「河川三部曲」是宮本輝文學創作的起點，《道頓堀川》清楚而強烈的窺見作者在文字裡，不斷探討「父與子」之間的宿命問題，其對人生百態探索的重心，都放在有著不完滿家庭的人物上。用字深情細膩、多姿多彩，博得人心，是難得的小說佳構。

一位叫玥璘（小部）的讀者，如是說出她閱讀《道頓堀川》之後的感想：「兩位主角，邦彥和武內都各自被死亡纏繞，邦彥對死去父親的不識給壓迫，背負著身為孤兒的孤獨感。武內則是一直懷疑自己當年踹向外遇妻子的那一腳，是否造成她多年後的死去，徘徊不去的死亡陰影伴隨著愧疚而來。也間接影響到父子之情。過去仍不死亡，死者不留給生者一種安心，不也是一種死亡的糾葛。」又說：「《道頓堀川》更是藉由眾生相，把人間討生活的男女企求溫暖家庭的形貌給描繪。沒能做好父親的武內把邦彥當成自己的孩子，邦彥雖然並沒有接受卻也不拒絕。而邦彥對面貌模糊的父親的追尋，可以看出他內心的空洞。」（節錄自網誌「剝洋蔥」）

由演員松阪慶子和真田廣之主演的電影《道頓堀川》，劇情敘述一位年輕的打工大學生安岡邦彥，和風韻多情的女主角町子間的曖昧感情。由於身分差異最後導致一段愛情悲歌；這種鍾情於對純粹感情的愛情現象，是日本小說和戲

▲ 道頓堀川

文學地景：

大阪：道頓堀/道頓堀川/戎橋。

▲ 《道頓堀川》主要舞台：道頓堀戎橋

▲ 道頓堀夜景

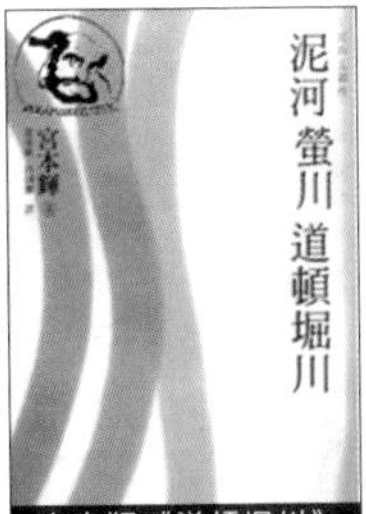

中文版《道頓堀川》

中文版本：

- 《道頓堀川》，袁美範／譯，二〇〇五年四月，遠流出版公司出版。

日文版《道頓堀川》

延伸閱讀：

- 《川的三部作：泥河・螢川・道頓堀川》，宮本輝／著，袁美範、許錫慶／譯，二〇〇五年三月，遠流出版公司出版。透過三個不同時代的主人翁，訴說童年、少年、青年的成長心事，並將無常的生命訊息深刻記錄下來。
- 《春之夢》，宮本輝／著，林皎碧／譯，二〇〇八年二月，遠流出版公司出版。挑動人心深處，勾勒深藏的隱晦情感，一部充滿光與亮的青春小說。
- 《幻之光》，宮本輝／著，陳蕙慧／譯，二〇一五年七月，青空文化公司出版。徘徊在生和死、幸與不幸，既靜且哀，一個女子的療傷獨白。

劇獨特的類型。

當男人的情意糾結在父與子、男與女之間，攪動成離亂情愫時，愈發容易形成苦惱元素。劇情發展到尾聲，男主角真田廣之遇刺死去的安排雖為觀眾所詬病，但他手握利刃顯示出唯有一死方能解決感情問題的神情，完全表現出日本人對處理情感的堅貞精髓。直到後來，當女主角松阪慶子獨自站在道頓堀鬧區的戎橋上，等候情人歸來的焦慮與莫奈的畫面，愈加使看戲人的情感潰決。

經典名句

- 人人都在追逐自己的幸福，卻已然註定希望渺茫。

47

死不是生的對極形式

挪威的森林・村上春樹

六〇年代日本學運時代的東京少年故事。

作者・村上春樹

關於《挪威的森林》

一九八七年出版的《挪威的森林》，是一部既寂靜又哀傷的愛情小說，故事講述敘事者渡邊徹，搭乘飛機到德國漢堡，當飛機降落地面時，無意間聽到機上播放管弦樂演奏披頭四〈挪威的森林〉的音樂，繼而回憶起十八年前死去的某位女性友人的事。其中，少不了描寫對城市環境鄙夷的心情。

被評論家認為是「現實主義小說」的《挪威的森林》，乃村上春樹根據自撰的短篇小說〈螢火蟲〉重新改寫，以回憶為脈絡的愛情小說，敘述一九六〇年代末期，年輕人在感情漩渦中的掙扎、人類偽善和軟弱的心理、學生運動的鼓譟，從中展現時代的迷惘感。

主角渡邊徹與個性悲觀的直子和性情開朗的綠，一男二女之間，追尋苦悶生命的出口，卻始終迷失在人生的森林裡。男主角渡邊徹面對女主角直子時，表現出一副寂寞又難受的古怪情緒，是羞慚還是羞愧？渡邊徹到底是以怎樣的心情跟直子交往？「為什麼自己要是自己」讓他覺得很內疚。

經典名句

- 死並不是終結生的決定性要素。在那裡死只不過是構成生的許多要素之一。
- 沒有什麼人喜歡孤獨的，只是不勉強交朋友而已，因為就算那樣做也只有失望而已。
- 能夠裝進所謂文章這不完全的容器的東西，唯有不完全的記憶或不完全的想法。
- 不要同情自己。同情自己是下等人幹的事。

主角渡邊徹糾纏在情緒不穩定而且患有精神疾病的直子和開朗活潑的小林綠之間，展開了自我成長的旅程。故事以直子自殺，渡邊帶著淡淡的哀愁，與阿綠重新開始而結束。

不禁想起，東京御茶ノ水被村上春樹寫進《挪威的森林》，就是綠約了渡邊到御茶ノ水站附近的大學附屬醫院探望父親，以及直子從御茶ノ水散步到本鄉的情節。書中第二章寫道：「直子愈走愈不像是散步。她在飯田橋往右拐，出水渠邊，然後穿過神保町的十字路口，再爬上御茶水的坡道，到達本鄉，最後又沿著東京都電的軌道旁走到駒迅。這一段路並不算短。到了駒迅時，正是日落時分。這是個晴朗的春日黃昏。」

中文版《挪威的森林》

中文版本：

・《挪威的森林》，賴明珠/譯，二〇一〇年十二月，時報出版公司出版。

▲《挪威的森林》場景：御茶之水車站與聖橋倒影

文學地景：
東京：神保町／御茶ノ水／飯田橋／神田神社／東京復活大聖堂。

▲ 東京神田神保町書店街

▲ 鄰近御茶之水站的東京復活大聖堂

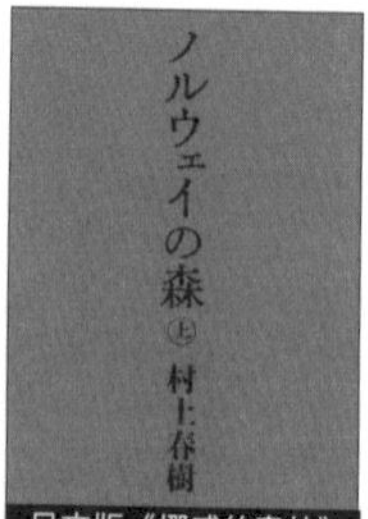

日文版《挪威的森林》

延伸閱讀：

- 《1Q84 Book 3》，村上春樹/著，賴明珠/譯，二〇一〇年九月，時報出版公司出版。兩個孤獨的靈魂，終於在一〇八四年的世界相遇了。
- 《村上收音機》，村上春樹/著，賴明珠/譯，大橋步/繪圖，二〇一二年十一月，時報出版公司出版。憑著自己的雙腳一面跑在路上，一面看到的世界風景，說起來真是非常美妙。
- 《圖書館奇譚》，村上春樹/著，賴明珠、Kat Menschik/譯，二〇一四年八月，時報出版公司出版。少年某日來到圖書館，再也出不去，萬念俱灰之際，一名不能說話的少女翩然現身。
- 《沒有女人的男人們》，村上春樹/著，賴明珠/譯，二〇一四年十月，時報出版公司出版。某天半夜忽然接到一通電話，是十四歲時愛上的女人的丈夫打來的，告知她自殺去世了。

一九八八年初版的《挪威的森林》，廣受年輕人歡迎，是日本最暢銷小說之一，村上春樹因此更為世人知悉。連同文庫版一併計算，至二〇〇九年八月五日止，總計印行了一千餘萬冊，為日本近代小說銷量排行前茅。

失樂園・渡邊淳一

一場悲劇性的婚外戀，反映當代日本人的心態。

作者・渡邊淳一

一九三三年十月，出生北海道空知郡上砂川町的渡邊淳一，父親鐵次郎來自煤礦區，是一名苦讀有成的高中數學老師，母親是當地大商家的女兒。渡邊小時就讀旭川師範學校附屬小學，一九五二年畢業於北海道札幌南高等學校，初中和高中六年期間，涉獵不少日本小說，從川端康成、太宰治、三島由紀夫，直到戰後第三代新人的作品；最愛川端康成的美感及理直氣壯，對芥川龍之介感到無聊。一九五四年進札幌醫科大學醫學部就學，畢業後，相繼在三井厚生病院、札幌醫科大學整形外科擔任助手、講師，同時執筆寫作，作品揉合醫療、細膩而華麗的

▲ 主角在長野縣輕井澤幽會，最後雙雙服毒殉情，圖為輕井澤白絲瀑布。

文學地景：
長野縣北佐久郡：輕井澤。

▲ 輕井澤綠意盎然的雲場池

▲ 輕井澤森林中的禮拜堂

男女情愛與情欲元素。

就讀札幌醫科大學時，只能坐在研究室接觸枯燥乏味的理化教材，渡邊十分羨慕文學院的「文藝青年」，覺得能讀文學書籍是件美好的事，就在大一、大二兩年，開始閱讀海明威、拉帝格（Raymond Radiguet）、卡繆、沙特等人的作品。卡繆的《異鄉人》令他大為傾倒，也是他唯一連讀三次的小說。

一九六八年，在札幌大學附屬醫院替病人進行心臟移植手術，懷疑被割除心臟的病人並未真正腦死而遭嚴厲批評，眾多非理性的評語，讓他感到無奈，最後無法續留醫院工作，索性辭職，前往東京專心創作。

一九七〇年，小說《光與影》獲「直木賞」，接著發表《遙遠的落日》等作品，一九八〇年獲吉川英治賞。一九九五年九月一日開始在《日本經濟新聞》發表長篇連載小說《失樂園》，描寫不倫之戀的性與愛，引起巨大迴響，新書出版後，熱銷三百萬冊，後來，相繼被拍成電影和電視連續劇，在日本掀起「失樂園」熱，獲「日本現代情愛文學大家」之稱，曾說「情愛小說最具普遍意義，它不會隨時代變遷而風化」，又說「男女之愛是跨越國界和時間的永恆話題」。

他對日本政客參拜靖國神社、拒絕正視中日戰時歷史深惡痛絕，要求日本：「不應企圖用曖昧的語言逃避現實，哪怕是一句簡單的『對不起』，也應該表明自己的誠摯道歉態度。不願意道歉也必須要道歉，因為我們的父親、祖父或者曾祖父，他們的身體裡流淌著和我們一樣的血。雖然我們的家族認為他們溫文爾雅，但他們畢竟在那場癲狂的戰爭中，成為癲狂的人。」

二〇一四年四月三十日，渡邊淳一因前列腺癌在東京家中去世，享年八十歲。翌年，集英社為紀念渡邊，特別創立「渡邊淳一文學賞」。他生前總計出版一百四十餘冊書，包括：《紫丁香冷的街道》、《紅色城堡》、《我的傷感之旅》、《幸福的背叛》、《一片雪》、《無影燈》、《男人這東西》等小說、歷史傳記、隨筆。

關於《失樂園》

《失樂園》是渡邊淳一著名的暢銷小說，一九九五到一九九六年在《經濟新聞》連載，同年改編拍成電影和電視劇。一九九七年二月講談社出版單行本，銷售量迄今超過三百萬冊以上，「失樂園」一詞相對成為日本婚外情的代稱，也成為一九九七年的日本流行語。

小說講述，端莊賢淑的醫學教授妻子松原凜子，是美女書法家，外號「楷書公主」，三十五歲。醫生丈夫松原晴彥，是位醫術高超，生性木訥少言，對妻子冷冰，只喜歡一個人坐著吃冰淇淋的男人。

婚姻中得不到丈夫關愛的凜子，某天，邂逅了五十五歲的出版社主編久木祥一郎。跟事業不得意、有婦之夫的久木祥一郎發生婚外情，是件多麼不可思議的事，凜子深陷在從未感受過的肉體歡愉，簡直到了無法自拔的地步，兩人從在旅館幽會延伸到在外租屋幽會，由隱瞞發展到無法隱瞞，感情進展的速度，快得一發不可收拾。

丈夫松原晴彥從私家偵探口中得知凜子婚外情，戀情被揭發，丈夫採取報復行動，告訴妻子，堅決不離婚，也不會成全凜子和久木祥一郎的姦情。

真相揭露後，凜子受到母親嚴厲指責。祥一郎的工作也被一封匿名黑函困擾，被調職分公司，祥一郎卻選擇辭職，使公司董事十分驚訝。好友水口吾郎對祥一

中文版《失樂園》

中文版本：

- 《失樂園》，譚玲／譯，一九九八年一月，麥田出版公司出版。

日文版《失樂園》

延伸閱讀：

- 《紅色城堡》，渡邊淳一／著，邱振瑞／譯，二〇〇二年十月，麥田出版公司出版。隱藏著怎麼樣的人性幻祕欲望？
- 《浮生戀》，渡邊淳一／著，高嘉蓮／譯，二〇〇四年二月，希代出版公司出版。探求中年女性，身為家庭主婦和自己的愛情間矛盾苦惱的掙扎，以及女性隱藏在心底雙面性的妖嬈。
- 《失樂園愛藏版》，渡邊淳一／著，譚玲／譯，二〇〇四年十一月，麥田出版公司出版。一場絕望的相遇，一段情如水、欲如火的煎熬。

郎說：「人最終會老會死，應該放懷追求自己的所愛。」最後在凜子父親位於輕井澤的別墅裡，祥一郎和凜子選擇在白皚皚的雪地，冰冷的空氣，孤立的別墅和空盪盪的房間「達到快樂顛峰的一刻，結束生命」，雙雙服毒殉情。

渡邊淳一說：「性是人類生存的原動力，如果沒有了性，愛就沒有意義。」當愛情不再存在時，該怎麼辦？是以假面夫妻的形式繼續維持關係，並從中找尋繼續在一起的意義，還是選擇離婚，背負自身的經濟和社會壓力的重擔？

一九九〇年代是日本「失落的年代」，經濟泡沫化讓日本陷入恍惚的狀態，大多數人活在不知所措之中。以呈現性愛到極致恐怖的面貌出現的《失樂園》，適時慰藉絕大部分失意的人，讓這些人緩緩喘氣。作者說：「肉體愛與心靈愛不能割捨，我寫《失樂園》，是要警告在明治維新後鼓吹精神至上的日本社會。」譯作家林水福教授說：「日本向來有愛與死連結的傳統，《失樂園》可說是日本表現愛的方式，呈現愛到極致的死亡。」

經典名句

- 世間所有的勝敗爭鬥，最痛苦的並不是失敗之際，而是承認失敗之時。
- 男人與女人不能靠得太近，距離太近愛也會變成一種消極的負累。
- 人的一生無論看上去多麼波瀾壯闊，在到達終點回首往事時，卻顯得如此平平庸庸。當然，哪種活法都會有遺憾，不過，至少不應在臨死時，才想到「糟糕」，「應該早點做」等悔不當初的事。

鹿男・萬城目學

如果沒能把「目」回來，日本就會滅亡。

作者・萬城目學

一九七六年出生大阪的萬城目學，畢業於京都大學法學系，曾任職靜岡縣化學纖維公司總務經理，後來因職務調動，被派往業務繁忙的東京；率性的萬城目學一心想當小說家，為了顧及寫作，主動向公司辭職。後來，索性搬到東京，隻身住進空間狹小的公寓專事小說創作。

二〇〇二年曾造訪臺灣的萬城目學，二〇〇六年初試小說寫作，即以「不受女生歡迎、不知如何表達情感的大學男生」為主題寫作的《鴨川荷爾摩》一書，獲第四屆日本Boiled Eggs新人賞，正式以作家身分登場。《鴨川荷爾摩》不僅熱賣暢銷，二〇〇七年入圍日本出版界的奧斯卡「書店大獎」，這個獎項是由日本全國書店店員共同推選最受歡迎的暢銷書；同年又獲《書的雜誌》年度娛樂小說首獎，以及大型綜藝節目「KING'S BRUNCH」舉辦的BOOK大賞新人獎。一時之間，成為席捲日本出版界的超級話題書，廣受各大媒體與讀者好評，銷量直逼五十萬冊，不久，該書被改編拍成電影，由飾演《電車男》主角的山田孝之和栗山千明領銜主演。

初試啼聲即一鳴驚人的萬城目學，第一本書成功，人生也跟著起了極大變化，他的個性充滿大阪人特有的幽默與風趣，對小說創作格外具有毅力和信心。

二〇〇七年，以「神經衰弱的男老師和會說話的奈良神鹿」為題的第二本小說《鹿男》，甫一出版，再次入圍「書店大獎」，更入圍日本文壇最高榮譽的「直木賞」。

《鹿男》再度成為暢銷書，不僅使文壇前輩刮目相看，更獲得電視公司青睞，改編拍成電視劇，由玉木宏和綾瀨遙領銜主演，收視創佳績，奪得第十一屆「日刊Sport劇集大獎」最佳戲劇、最佳男主角和最佳女配角等三項大獎，日本雅虎網站還票選為二〇〇八年冬季日劇滿足度第一名。

其後，又以「戀愛荷爾摩」番外篇「談不成戀愛的大學女生」為題，出版個人第三本小說《荷爾摩六景》，這本小說同樣以精采的內容贏得日本亞馬遜書店讀者四顆半星的超人氣好評。

之後的長篇小說《豐臣公主》上市未及一個月即創下十萬本銷量，二度入圍問鼎「直木賞」，ＮＨＫ隨之改編成廣播劇、電影。

在文壇嶄露頭角、創造書市票房奇蹟的萬城目學，分別以京都、奈良、大阪為小說創作舞臺的《鴨川荷爾摩》、《鹿男》與《豐臣公主》，被讚譽為「關西三部曲」，他小說中的幽默元素和天馬行空的想像力，讓文學創作的天空遼闊無比。

萬城目學出版的書：《鴨川荷爾摩》、《鹿男》、《荷爾摩六景》、《萬步計》、《豐臣公主》、《鹿乃子與瑪德蓮夫人》、《萬遊記》、《悟淨出立》等。

關於《鹿男》

中文為「鹿男與美麗的奈良」的《鹿男あをによし》，是萬城目學的人氣小說，銷售數量於二〇〇七年出版問市第一年突破二十萬冊，同年夏季更成為第

▲《鹿男》地景囊括了整座奈良市，圖為奈良東大寺。

文學地景：

奈良：奈良車站/奈良公園/猿澤池/南大門遺址/若草山/飛火野/東大寺/東大寺講堂遺址/浮見堂/春日大社/TEN. TEN. CAFE/天理市立黑塚古墳展示館/橿原考古博物館/橿原神宮/平城宮跡/飛鳥車站/黑塚古墓/高松塚古墳/石舞臺古墳。

▲ 奈良明日香村石舞台

▲ 奈良平城宮跡

一三七回「直木賞」候補人選、二〇〇八年一月入圍「二〇〇八年本屋大賞」十部作品之一；是具歷史、奇幻、趣味，不可思議的小說。

《鹿男》以第一人稱撰述，主角「我」，二十八歲，原在大學研究室做實驗，因為跟助手相處不睦，被冠上「神經衰弱」。後經大學教授勸說，前赴奈良女子高校擔任代理教師；到任後，不僅遭受學生耍弄，還被學生「無視於存在」的態度阻撓，無法產生師生間良性交流，讓「我」有走投無路的不良感受。

秋季來臨時，「我」在奈良公園東大寺大佛殿前的草地，遇見一隻會用人類語言說話的神鹿。神鹿從一千八百年前守護人類迄今，為了每六十年一次「神無月」的「鎮壓儀式」，任命「我」擔任運送「目」的信差。

「目」在人間被稱「三角」，會由狐狸所選定的女性擔任「使者」，把它交給「我」，不過「我」卻不是很在意這位女性「使者」，結果任務失敗，拿到不是神鹿所說的「三角」。「三角」究竟是什麼？神鹿直接挑明說：「目被老鼠奪走了！」

鹿、狐狸、老鼠？還搞不清楚狀況的「我」，隨即被神鹿烙上印記，導致頭部逐漸變成鹿的模樣。後來神鹿警告「我」說：「如果沒能把『目』拿回來，日本將滅亡。」這是何等嚴重的事！

就在「我」尋找「目」的同時，日本東方一帶持續地震不斷，傳說中，存在地下那一隻大鯰魚正蠢蠢欲動，這是富士山將要爆裂的徵兆，一旦富士火山爆發，日本就將毀滅。如此說來，神鹿就是要用「目」的力量封住騷動的大鯰魚。

這時，「我」任教的奈良女子高校，即將跟京都和大阪的姊妹校進行一年一度的「大和杯」運動，每次比賽就好比奧運一樣熱鬧。過去的「大和杯」只是劍道社之間的競逐，現在則加入羽球等項目。所有獎項，只有劍道比賽的優勝者不用一般獎盃，而是使用背面刻有古代神獸圖樣的獎牌，因其形狀特徵被稱為「三角」。獎盃由主辦學校保管，比賽規則也由主辦學校自由選擇。

五十九年以來，劍道比賽一直由京都女高獨占鰲頭，「我」擔任顧問的奈良劍道社，卻只有三名體能弱勢的社員。聽說劍道比賽的優勝獎盃叫「三角」，「我」認為那個獎盃應該就是神鹿所說的「目」，為拯救日本面臨的危機，「我」這個劍道社顧問，就得全力以赴，奮戰起來……

中文版《鹿男》

中文版本：

・《鹿男》，涂愫芸／譯，二〇〇八年六月，皇冠出版公司出版。

日文版《鹿男》

延伸閱讀：

・《鴨川荷爾摩》，萬城目學／著，涂愫芸／譯，二〇〇八年十二月，皇冠出版公司出版。一部放肆的青春奇幻物語！
・《豐臣公主》，萬城目學／著，涂愫芸／譯，二〇〇九年十二月，皇冠出版公司出版。歷史悠久的大阪城地底下，竟然有個埋藏了四百多年的驚人祕密。
・《我在奈良尋訪文學足跡》，陳銘磻／著，二〇一二年六月，樂果文化出版。本書透過日本文學家以奈良為創作背景的作品，尋訪奈良時期的文學地景。

《鹿男》一書的故事背景，以古都奈良為創作舞臺，融合日本神話與歷史，蔚成高潮迭起又曲折迴轉的奇幻小說。萬城目學在這本充滿想像力、縝密結構和躍動幽默對白的書冊，加入趣味橫生的人性光澤元素，讀來趣味不已。

經典名句

・我並不認為這是什麼大錯，人難免會有這種時候，總而言之，就是缺少了思考的餘裕。
・現在或許有很多事讓你傷心難過，但是，請不要急，沉穩面對。
・輸了也無所謂，勝負不是劍道的一切，但不能在比賽前就想到會輸。
・你叫我不要放棄，自己卻這麼快就放棄了嗎？

50

聽著披頭四默禱

解憂雜貨店・東野圭吾

你的地圖是一張白紙，
所以即使想決定目的地，也不知道路在哪裡？

作者・東野圭吾

一九五八年出生大阪，府立大阪大學工學部電氣工學科畢業的東野圭吾，學生時代開始接觸松本清張與小峰元的推理小說。畢業後，任職汽車零件供應商日本電裝工程師，一九八五年以《放學後》獲第三十一屆江戶川亂步獎，翌年，辭去工程師一職，專事寫作。

東野圭吾早期作品以清新的校園推理著稱，贏得無數青年歡迎，其縝密細緻的劇情獲「寫實本格派」美名，近期創作突破傳統推理格局，涉及懸疑、科幻、社會等領域，兼具文學、思想和娛樂特質，加上具有理工素養，活用科技知識，寫出系列科學推理，頗能帶給讀者新鮮感受。

一九九九年以《祕密》獲第五十二屆日本推理作家協會獎，二〇〇六年以《嫌疑犯X的獻身》獲一三四屆直木賞，並一舉拿下當年三大推理小說排行榜第一名，有「三冠」之稱。二〇〇八年以《流星之絆》獲第四十三回「新風獎」。二〇〇九年五月，被選為日本推理作家協會特別理事會理事長。二〇一四年以《當祈禱落幕時》獲第四十八回「吉川英治文學獎」。

東野圭吾儼然成為新世代推理小說代表人，作品深獲影視界青睞，包括：《宿命》、《放學後》、《白夜行》、《偵探伽利略》、《真夏方程式》、《新參者》數十部改編成電影、電視劇、舞臺劇或漫畫。著名演員：山下真司、玉置浩二、國分太一、櫻井翔、藤木直人、柏原崇、綾瀨遙、山田孝之、福山雅治、柴崎幸、二宮和也、錦戶亮、松田翔太、阿部寬、玉木宏、唐澤壽明、坂口憲二、渡邊謙、小林薰、江口洋介、本木雅弘、寺尾聰、竹野內豐等，都主演過他小說改編的影視作品。

關於《解憂雜貨店》

二〇一二年出版的《解憂雜貨店》，是東野圭吾溫馨的長篇小說，敘述一間可以幫人解憂的「浪矢雜貨店」的神奇傳說。看似平凡的尋常雜事，作者卻能寫出不平凡感受。

這間雜貨店不只販賣日常生活用品，還提供人生諮詢、心理輔導。只要遇到困惑，糾結不安的人，以及流失的心情，這間雜貨店都能幫人找回，充滿懷舊、救贖、報恩、宿命與曙光的情懷。

故事敘述，僻靜巷衖內，佇立了一間解憂雜貨店。只要把煩惱事寫在信上，利用晚間丟進鐵捲門的投遞口，隔天就可以在店鋪後面的牛奶箱裡取回解答函，這真是件使人疑惑不解的事。如何解謎？如何推理？

許多離奇的困擾事件：準備參加奧運的少女，男友罹患癌症，陷入愛情與夢想兩難的女孩；一心想成為音樂人，不惜離家又休學，卻面臨理想與現實掙扎的魚店老闆兒子；父親的公司倒閉，打算帶著全家捲款潛逃，在親情與未來之間游移不定的少年；肩負經濟壓力的女孩，是否該繼續留在酒店上班；意外闖進雜貨店的三個少年。五種命運，五種況味，該如何抉擇？

東野圭吾說：「如今回顧寫作過程，發現自己始終在思考一個問題：站在人生岔路，人究竟應該怎麼做？我希望讀者能在掩卷時喃喃自語：我從未讀過這樣的小說。」

本書出版後，獲第七回「中央公論文藝賞」、達文西雜誌二〇一二「Book of The Year」第三名、亞馬遜書店讀者四顆星，熱銷突破三十萬冊。

中文版《解憂雜貨店》

中文版本：

- 《解憂雜貨店》，王蘊潔／譯，二〇一三年八月，皇冠出版公司出版。

日文版《解憂雜貨店》

延伸閱讀：

- 《流星之絆》，東野圭吾/著，葉韋利/譯，二〇〇九年三月，獨步文化出版。兄妹三人聯手偵辦血海深仇，沒什麼好怕的!
- 《空洞的十字架》，東野圭吾/著，王蘊潔/譯，二〇一四年十二月，春天出版公司出版。愛女被殺害的道正與小夜子夫妻在兇手被宣判死刑後……。
- 《以前，我死去的家》，東野圭吾/著，王蘊潔/譯，二〇一五年七月，皇冠出版公司出版。一開始讓人不安，沒想到最後卻這麼感動！

經典名句

- 心，一旦離開了，就再也不會回來。
- 雖然至今為止的道路絕非一片坦途，但想到正因為活著才有機會感受到痛楚，我就成功克服了種種困難。
- 他們都是內心破了個洞，重要的東西正在從破洞逐漸流失。
- 請不要一廂情願的下結論，任何事情不挑戰一下是不知道結果的，對吧？

附錄・日本文學名著出版年表

- 枕草子・清少納言 一〇〇一年
- 源氏物語・紫式部 一〇〇八年
- 方丈記・鴨長明 一二一二年
- 平家物語・信濃前司行長 一二一九年
- 羅生門・芥川龍之介 一九一五年
- 東京散策記・永井荷風 一九一五年
- 山椒大夫・森鷗外 一九一五年
- 高瀨舟・森鷗外 一九一六年
- 地獄變・芥川龍之介 一九一八年
- 竹藪中・芥川龍之介 一九二一年
- 伊豆的舞孃・川端康成 一九二六年
- 蟹工船・小林喜多郎 一九二九年
- 潮騷・三島由紀夫 一九五四年
- 金閣寺・三島由紀夫 一九五六年
- 飼育・大江健三郎 一九五九年
- 砂之器・松本清張 一九六一年
- 砂丘之女・安部公房 一九六二年
- 古都・川端康成 一九六二年
- 瘋癲老人日記・谷崎潤一郎 一九六二年
- 白色巨塔・山崎豐子 一九六五年

一生必讀的50本日本文學名著

作者・攝影／陳銘磻
美術編輯／方麗卿
企畫選書人／賈俊國

總 編 輯／賈俊國
副總編輯／蘇士尹
資深主編／吳岱珍
編　　輯／高懿萩
行銷企畫／張莉榮・廖可筠・蕭羽猜

發 行 人／何飛鵬
法律顧問／元禾法律事務所 王子文律師
出　　版／布克文化出版事業部
台北市中山區民生東路二段141號8樓
電話：(02)2500-7008 傳真：(02)2502-7676
Email：sbooker.service@cite.com.tw
發　　行／英屬蓋曼群島商家庭傳媒股份有限公司城邦分公司
台北市中山區民生東路二段141號2樓
書虫客服服務專線：(02)2500-7718；2500-7719
24小時傳真專線：(02)2500-1990；2500-1991
劃撥帳號：19863813；戶名：書虫股份有限公司
讀者服務信箱：service@readingclub.com.tw
香港發行所／城邦（香港）出版集團有限公司
香港灣仔駱克道193號東超商業中心1樓
電話：+852-2508-6231　傳真：+852-2578-9337
Email：hkcite@biznetvigator.com
馬新發行所／城邦（馬新）出版集團 Cité (M) Sdn. Bhd.
41, Jalan Radin Anum, Bandar Baru Sri Petaling,
57000 Kuala Lumpur, Malaysia
電話：+603- 9057-8822　傳真：+603- 9057-6622
Email：cite@cite.com.my
印　　刷／韋懋實業有限公司
初　　版／2017年（民106）01月　2018年（民107）04月初版2刷
售　　價／380元
ISBN／978-986-93792-5-0
©本著作之全球中文版（含繁體及簡體版）為布克文化版權所有・翻印必究

城邦讀書花園 www.cite.com.tw 布克文化

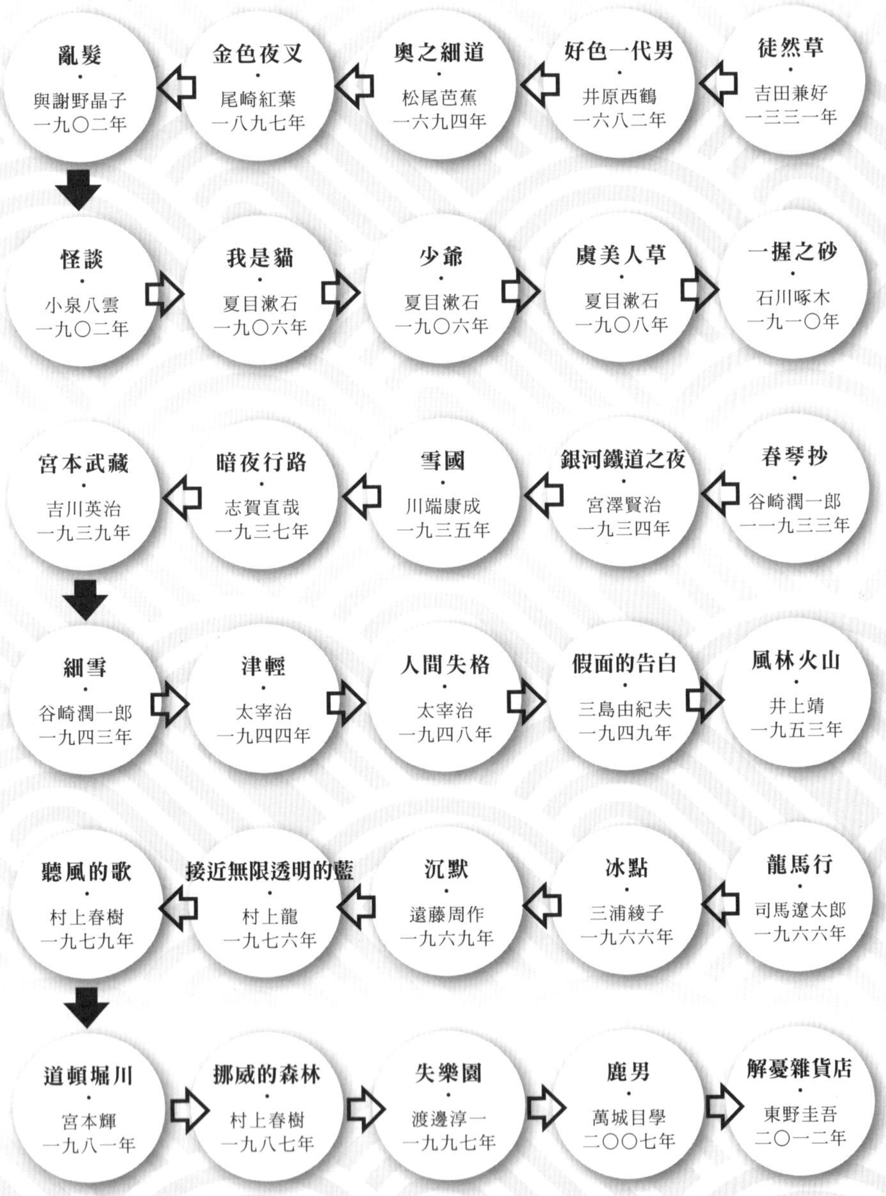

徒然草・吉田兼好 一三三一年
好色一代男・井原西鶴 一六八二年
奧之細道・松尾芭蕉 一六九四年
金色夜叉・尾崎紅葉 一八九七年
亂髮・與謝野晶子 一九〇二年
怪談・小泉八雲 一九〇二年
我是貓・夏目漱石 一九〇六年
少爺・夏目漱石 一九〇六年
虞美人草・夏目漱石 一九〇八年
一握之砂・石川啄木 一九一〇年
春琴抄・谷崎潤一郎 一一九三三年
銀河鐵道之夜・宮澤賢治 一九三四年
雪國・川端康成 一九三五年
暗夜行路・志賀直哉 一九三七年
宮本武藏・吉川英治 一九三九年
細雪・谷崎潤一郎 一九四三年
津輕・太宰治 一九四四年
人間失格・太宰治 一九四八年
假面的告白・三島由紀夫 一九四九年
風林火山・井上靖 一九五三年
龍馬行・司馬遼太郎 一九六六年
冰點・三浦綾子 一九六六年
沉默・遠藤周作 一九六九年
接近無限透明的藍・村上龍 一九七六年
聽風的歌・村上春樹 一九七九年
道頓堀川・宮本輝 一九八一年
挪威的森林・村上春樹 一九八七年
失樂園・渡邊淳一 一九九七年
鹿男・萬城目學 二〇〇七年
解憂雜貨店・東野圭吾 二〇一二年